세월의 쓸모

그리움의 흔적은 지워지지 않는다

세월의 쓸모

신동호

책담

수많은 '나'를 만나시게 되길…

오래된 사진첩 안에서 젊은 어머니는 '나'를 낳기 전입니다. 아직 어머니가 아닌 어머니는 나를 위해 웃고 계신 건 아닐 겁니다. 아직 어머니가 아닌 어머니는 나의 어머니인가요, 아닌가요? 누군가가 누군가를 위해 존재하는 것 같지는 않습니다.

생이란 그저 그때 그때, 한 장의 삽화를 그려놓고 '나'를 남겨놓고 다시 여러 컷의 기억을 순서 없이 섞어놓는 게 아닌지 싶습니다.

세월은 쌓이고 시간은 흐르는 줄 알았습니다. 세상은 대부분 그렇게 보였습니다. 지질층에서는 옛것을 오늘의 것이 덮었습니다. 진흙 위로 뼈가 쌓이고 그 위로 재가 쌓였습니다. 낮과 밤이나 사계절의 순환은 어느 지점에서 다른 지점으로 이동하는 것처럼 생각을 조절했습니다. 상류의 물이 하류에서 기화되고 비가 되어 내리는 흐름, 모든 것이 그렇게 분명하게 보인다고 생각했습니다. 그렇게 배운 것이 생각이 되었는지 모르겠지만, 그런 줄만 알았습니다.

그러면 과거가 쌓여서 지금의 '나'가 된 건가요? 세월이 '나'를 구성한 건가요? 지금의 '나'로 살기 위해 예전의 '나'로 살았단 말입니까? 지금의 '나'는 다가올 어느 날을 위해 웃고 울고 있는 건가요?

아닐 겁니다. 어떤 점에서 다른 점으로 이어지는 연속성 안에서 인간의 마음은 안전하다고 느낀다지만 불행하게도, 불연속적인 '나'는 너무나 많습니다. 과거에도 있고 미래에도 있고, 수많은 '나'를 만나는 일만으로도 세상은 놀랍도록 다채롭습니다. '나'는 어떤 것과도 다른 시간이, 뒤섞인, 소중한 존재입니다.

세월은 수평으로 쌓이지 않고 수직으로 서 있었습니다. 여기저기 뒤죽박죽. 시간은 기억과 맞닿자 산산이 흩어졌습니다. 손에 잡히는 대로 가져오면 되는, 그러면 그 자체로 의미를 갖게 되는, 비로소 세월도 시간도 '나'에게 쓸모 있는 것이 되었습니다.

억지로 이어 붙이던 논리가 사라지자 모든 '나'가 지독히 평범한 것들과 함께 안갯속에서 모습을 드러냈습니다. 그 많은 '나'를 건져냈을 때, 마구 버려지던 것들이, 마구 잊었던 것들이, 낡았다고 여겼던 것들이 얼마나 아름답게 빛나는 것들이었는지 알게 되었습니다.

지금 '나'와 함께 있는 모든 것들이 지금의 '나'입니다. 오래된 사진첩의 젊은 어머니는 '나'를 낳기 위해 예비하고 있는 어머니가 아닙니다. '목마를 타고 떠난 숙녀'였고, 잠시 '나'는 그저 '숙녀의 옷자락'을 이야기하고 싶었습니다.

낡은 것, 지나간 것, 또 애매한 것을 사랑합니다. 그건 모든 '나'를 사랑하는 일일 겁니다. 손을 내밀어 무엇인가를 움켜쥐어봅니다. 고맙습니다. 지금 이 순간 여기에 머문 당신의 눈길이 고맙습니다.

프롤로그

차 례

3부 이름 부를 수 있는 것이
　　모두 아름다움으로 살아 빛나는 저녁

일러두기

본문에 등장하는 일부 고유명사나 표현은 당시 관용적으로 통용되었던 발음대로 표기하였습니다.

바람의 속도를 경외하다

〈幼年의 辭說〉 중에서

幼年의 辭說

1
개울을 건너봤어?

2
소쩍새 소리. 강안에 안개 몰려들면 달맞이꽃. 꽃 피길 기
다리다 한낮에 잠들곤 했던.

3
편물기 소리 잦아들면 그제야 풍겨 오던 엄마 냄새. 달빛
이 자꾸 찾아들어 라일락 향기 가득하던 마당.

4
비늘 곁에서 반짝이는 햇빛. 옷자락에 걸린 미늘과 맺은
인연의 끈, 울다 지친 오후. 하얗게 빛나는 강물은 어디에
서 오는 것인지. 수평의 시선을 수직으로 두어보다. 하늘
빛 푸른 세월.

5
걷다, 먼 강둑의 끝. 큰아버지의 등이 따스하던 오토바이
뒷자리. 바람의 한 자락이 귓가를 베고 지나가다. 핏빛. 붉
음과 푸름의 차이를 인식하다. 바람의 속도를 경외하다.
강둑을 아주 천천히 걸으며 강의 내면을 들여다보다.

숨바꼭질 前後

———

국가가 나를 키워주려 한다. 나는 (누가 나를 키워주기엔) 너무 많이 고독해보았다. 머리를 박박 깎고 교복을 입어보았다. 우편물 하나에서도 권력의 공포를 보았다. 아들이 어렵게 사춘기를 넘어섰는데 국가는 나를 어린애 취급하려 한다. 그런 취급이 익숙한 사람들이 있겠지만, 나는 그러기엔 너무 오래 외로웠다.

저문 골목길의 단절은 어디 갔는가? 가끔 친구들은 술래를 두고 슬쩍 집으로 가버렸다. 또 가끔 너무 잘 숨은 나를 두고 술래는 찾기를 포기했다. 어둡고 배고프고 무서웠다. 나를 버리고 간 친구라니? 나를 찾아주지 않는 국가라니? 자주 세계와 단절된 골목길은, 그러나 스스로 어른이 되는 공간이었다. 그날 밤 꿈속에서 나는 기차에 홀로 남겨지곤 했다.

국가의 관리 하에서 키워질 때 추방은 두렵다. 자칫, 대한민국으로

1부 바람의 속도를 경외하다

부터 유기遺棄되기 쉽다. 그러나 날은 저물어 고독하고 고독이 서로를 부른다. 술래가 나를 찾아 저녁으로 데려갈 때 그건 꼭 승리를 의미하지 않았다. 발견됨으로써 술래 또한 우리 곁으로 돌아왔다. 오늘 우리는 서로를 구출해야 할 골목길에 다다랐다.

"(숨바꼭질의) 유희적 경험의 핵심에 비치고 있는 것은 '미아의 경험'이요, 자기 자신만 홀로 격리된 고독의 경험이다. 또 사회에서 추방된 유형(流刑)의 경험이요, 단 한사람이 헤매어야만 하는 방황의 경험, 사람이 거주하는 사회의 경계를 넘어선 곳으로 확장되고 있는 황량한 숲과 바다를 목표물로 삼고 있으나 방각(方角)도 모른 채, 무언가를 위해 떠나지 않으면 안 되는 여행의 경험이다"라고 후지타 쇼조는 말했다(《정신사적 고찰》, 돌베개, 2013). 특히, 그는 골목길에서 아이들의 숨바꼭질 놀이가 사라졌다는 것을 지적하며, 대신 그 자리에 "추방과 방황의 시련을 유희적으로 경험함으로써 사회의 성원이 되는 일은 완전히 없어졌다. '졸업'과 '취직'과 '자격시험' 제도가 그것을 대신한다. 그러한 제도상의 통과에는 인간 경험으로서의 단절이 없다"고 비평했다.

못 찾겠다 꾀꼬리

"아니야 뒤에 있잖아. 다시 한 번 너를 찾아서." 그룹 해오라기는 찾기를 포기하지 않았다. 1979년 강변가요제에서였다. 숨어버린 연인을, 공장에 일하러 간 엄마를 기다리며 고립된 아이를, 또 수장된….

무언가 중대한 문제가 있다고 느끼면서도 아무도 그 상황에 적절하게 대응하지 않았던 이 기이한 현실은 과연 국가의 탓일까, 우리 모두의 탓일까. 보이는 듯하면서도 전혀 보이지 않는다. 우리는 모두 각자의 세계에 숨어버렸다.

조용필은 "모두가 숨어버려 서성거리다, 무서운 생각에" 그만 울어버렸다. 1975년 대마초 파동을 겪은 뒤 발표

한 4집을 통해서였다.

처음부터 그랬을 리 없다. 술래는 숨은 우리를 찾아야 다음 날 또 함께 놀 수 있다. 또 술래를 두고 우리 모두가 영원히 찾지 못할 곳에 숨을 수는 없다. 지금 술래는 술래대로 숨은 아이는 숨은 아이대로 숨바꼭질 중이었다는 걸 잊었다. 골목엔 바람만 지나갔다.

"지금 내 나이는 찾을 때도 됐는데 보일 때도 됐는데." 엄마가 부르길 기다려도 강아지 멍멍 소리만 들려오고, 어린 날의 꿈도 숨어버렸다. 모두를 불러내야 하는 절박함에 젖는다. "못 찾겠다 꾀꼬리 꾀꼬리 꾀꼬리", 누군가는 외쳐주어야 할 날들이다. 비까지 오고 있다.

- 꾀꼬리는 아프리카와 아시아의 열대지방에 주로 분포하고, 우리나라에는 단한 종이 여름새로 도래한다(《한국민족문화대백과》). 겁이 많아 주로 숲속에 숨어 살고, 울어도 어디서 오는지 잘 분간하기 어렵다. 숨바꼭질에서 꾀꼬리가 등장하는 이유일 터다.
- · 조용필은 1975년 12월에 대모초 흡연 혐의로 구속된다. 그는 〈돌아와요 부산항에〉로 정상에 올랐지만, 3년간의 활동 정지로 시련을 당한다. 조용필 특유의 로큰롤 〈못 찾겠다 꾀꼬리〉로 시작하는 1982년 발표한 그의 4집에 대해 음악평론가 강헌은 다음과 같이 말한다. "조용필이 우리에게 선사한 가장 위대한 공헌은 서구 대중음악에 일방적으로 경도돼 있었던 시장의 주도권을 우리 대중음악으로 역전시켰다는 데 있다. 세계 메이저 음반산업에 대한 이 보기 드문 기적은 그가 없었다면 아마도 불가능했을 것이다. (조용필 4집은) 흑인의 블루스와 그것의 에너지를 받아들인 솔과 록, 그리고 우리 전통음악의 창법을 교묘하게 결합시킨 미학의 산물이다."(《한겨레신문》, 1995년 11월 10일자)

감각
感覺

듣기가 어려워진다. 집중해야 한다. 상대방에게 애정을 가져야 한다. 귀를 통해 들어온 것들은 뇌를 자극한다. 기억을 끌어당긴다. 간혹 마음을 건드린다. 소리가 너와 나 사이의 끈을 만든다. 실로 연결된 조악한 전화기 같다. 소리로 기억과 마음을 엮는 사람들은 지혜롭다. 눈을 감고 집중해 듣기, 시간을 초월하기, 듣기란 늘 어렵다.

색을 구별한 건 일곱 살 때였다. 물론 정확하진 않다. 꽃을 구별할 줄 알게 되었다. 노란 건 달맞이꽃, 붉은 건 샐비어.

바람의 촉각을 통해 존재자로서의 자신을 느꼈던 듯하다. 작은 백부는 기기공업사를 했다. 주로 군인들의 오토바이를 수리했다. 백부의 등에 묻혀 털털거리는 오토바이의 진동을 엉덩이로 전달받았다. 백부와 나와 오토바이의 일체감 속에서 오히려 나를 느꼈다. 가

가린은 지구 바깥에서 '나'를 보았을까. 아니다. 피부에 닿는 모든 것이 '나'를 자각하게 한다. 사랑도 그렇다. 몸을 섞고 있을 때 내가 더 잘 보인다.

프로이트는 그랬다. "자아는 궁극적으로 신체적 감각, 주로 신체의 표면에서 유래하는 감각에서 생겨난다"고.

열두 살, 반성문을 쓰다가 '나'를 잃어버렸다. 앞뒤도 맞지 않는 어린이의 생각이 서투른 글자로 표현되면서 '나'는 바깥으로 나와버렸다. 어린 生을 반성하기 시작했다. 말과 생각이 종이 위에 남겨지면서 '나'는 도대체 어디로 가버린 것일까. 선생님의 책상에 남겨진 것일까. 노을 진 운동장을 지나며 처음으로 '외롭다' 느꼈다. '나'는 지금도 반성문, 서투른 문자에 갇혀 저 먼 곳에 있다.

봉의산

과거의 '나'는 지금의 '나'일까?

누구에게나 자기만의 언덕이 있다. 마음의 언덕은 세월을 따라 높아져 간다. 추억을 쌓아두기 때문이다. 대문 뒤쪽으로 골목을 지나 친구들과 오르내리던 언덕은 점점 낮아져 간다. 키는 커가지만 기댈 곳은 적어지고 언덕은 자주 잊힌다. 그런 어느 날 스스로 언덕이 되어버린 사람들이 있다. 드물지만, 외롭겠지만.

언덕은 말수가 적고 성격이 느긋해서 한꺼번에 여러 가지를 가르치지 않는다. 언덕에는 비밀스러운 공간이 있어서 낯설 때가 있다. 언덕을 오르는 경우의 수는 무수하다. 자기만의 길에서 간혹 자기를 발견하라는 배려다.

어머니는 마음의 언덕이다. '나'를 가장 많이 담아 두신 건 어머니다.

1부 바람의 속도를 경외하다

봉의산은 유년의 언덕이다. 놀이터였고 길의 끝이었으며 슬픔을 덜어내던 곳이다. 여름 독서교실의 시립도서관, 2층으로 향한 계단은 낡은 만큼 지혜로운 노인처럼 소년의 마음을 키워줬다. 세종호텔 수영장에서 친구 용호를 첨 봤다. 그 검은 피부로 빛을 뿜어내던 소년은 3년 전 간경화로 떠났다. 유년의 꿈을 봉의산 어디에 감춰놓고 찾지 못한 까닭이다. 봉의산으로 가는 골목마다 친구의 집이 있었다. 영구네, 현영이네 약국, 똑똑했던 연희네 이층집. 한국일보를 배달하던 도청과 도지사 관사도 그 길 곁에 있었다.

봉의산은 춘천春川이고 친구이며 그리움이다.

어느 날 밤, 재영이가 제 여동생 은영이와 나를 봉의산에 두고 사라져버렸다. 오빠를 기다리던 은영이는 덤벙거리는 오빠를 탓했고 나는, 잘 기억나지는 않지만 야경에 빠져 있었던 듯하다. 그 뒤, 춘천을 떠났다. 매제로 삼고 싶어 한 친구의 마음도 뒤늦게 알았다. 봉의산과 결혼하지 못한 건 늘 그렇듯 안개 때문이었다. 아직도 찾아야 할 것들이 거기 있다.

언덕의 '나'는 과연 '나'일까?

봉의산의 높이는 301.5미터다. 춘천의 상징이자 진산(鎭山)으로 시가지 북쪽에 자리 잡고 있다. 상서로운 봉황이 나래를 펴고 위의(威儀)를 갖춘 모습이라 하여 봉의산이라는 이름이 붙었다(이상 〈두산백과〉). 북쪽 산마루에는 소양강 일대를 한눈에 내려다볼 수 있는 소양정이 있다.

깡통낚시

27사단 이기자부대 포병훈련이 끝나고 나면 깡통과 화약은 소년들의 전리품이었다. 버려진 시레이션 깡통 하나, 통에 주름진 것이 있는데 그게 더 좋다. 장마 뒤 강가엔 낚시바늘이 매달린 채 끊어진 낚시줄이 있다. 그걸 주워서 깡통에 감으면 된다. 구더기가 없으면 똥파리도 미끼로서는 그만이다. 가끔 물고기 대신 개구리가 잡혀서 안 좋긴 하다. 소년들은 등이 벌게지도록 깡통낚시로 피라미를 잡았다.

주낚

걸어서 갈 수 없는 강안 절벽 그늘진 곳에 배를 타고 가서 꾹꾹, 미꾸라지를 미끼로 단 나뭇가지 낚시대를 박아놓으면 된다. 안개가 강의 안쪽에서부터 일어나서 밖으로 오면 마치 내가 강안으로 빨려 들어가는 기분이었다. 안개처럼 불분명한 세계 너머에서 팔뚝만한 메기가 주낚에 걸리곤 했다. 주낚은 늘 새벽안개를 만나는 일이었다. 작은형은 노를 저으며 안개 속으로 걸어 들어가곤 했다.

릴낚시

낚시줄이 풀려가는 소리에서 사랑의 속삭임을 들었다. 사랑이 바늘에 걸려 낚시줄을 팽팽하게 당겨줄 것 같았다. 사랑은 젊은 날 주체할 수 없는 욕망처럼 강물 위에서 휘몰아쳤지만 릴을 감고 풀다보면 물고기는 지쳤고 나는 지루해졌다. 릴은 솔직했다. 낚시줄은 감정을 잘 감추지 못했다. 너무 조심스럽게 당긴 사랑은 빠져나갔고 강하게 당긴 사랑은 줄을 끊고 도망갔다. 끄리처럼 힘이 넘쳤지만 가시가 많고 맛은 없는 시절이었다.

대낚시

기다림은 늘 죽음과 맞닥뜨렸다. 붕어의 다른 이름은 기다림이 맞다. 아버지가 평생 붕어를 쫓은 이유도 기다려야 할 것이 많았기 때문이리라. 강둑 아래 대낚시를 펴놓고 밤낚시를 하다보면 등줄기가 서늘해질 때가 있다. 어느 날 붕어를 기다리다가 강둑으로 소변을 보러갔던 사촌형이 비명을 질렀다. 강둑에는 젊은 남녀가 나란히 누워 여름날 더운 바람에 벌써 눈, 코로 고름을 흘려내고 있었다. 몰려온 어른들이 그랬다. 동네 청년과 술집 아가씨였다고, 청산가리를 삼켰을 거라고, 아가씨는 아름다웠노라고. 청년의 시신은 들려가고 아가씨의 시신 옆에서 아저씨들만 오지 않는 가족을 기다렸다. 붕어도 그날 밤 내내 오지 않았다.

1부 바람의 속도를 경외하다

견지낚시

세월에 그냥 몸을 맡겨 보라. 휘청휘청한다. 견지대를 들고 강으로 들어가면 흐름이 내게로 온다. 발끝에 기를 모으고 흐름에 리듬을 잘 맞추어야 한다. 흐느적 풀려가던 낚시줄이 일순 긴장하면 누치의 하얀 비늘이 강 위에서 반짝였다. 나와 물고기와 강이 함께 흘렀다. 애초부터 강의 리듬은 몸 안 어딘가 새겨져 있었다. 리듬을 기억하기 위해 세월은 자주 긴장하라고 한다. 휘청이다가도 세월의 흐름에 몸을 맡기면 길은 잃지 않았다.

작살

물속 세계는 입력만 있고 출력은 없다. 말을 하지 못하니 물고기와 눈빛만 가지고 말한다. 물속 세계는 부드럽다. 어안렌즈처럼 세상은 휘어 곡선이 된다. 풀은 느리게 눕고 돌은 둥글어지고 물고기는 파장을 만든다. 직선이 곡선을 꿰뚫는 작살, 그 커다란 미늘처럼 잔인하게 쏘가리의 살을 파고들어 갈 때 붉은 피 또한 연기처럼 부드럽게 강물로 퍼져 간다. 물속에서는 직선이야말로 세계의 파괴자였다. 유일한 출력이었다. 그 후 핏물의 아찔한 곡선.

화천댐

삶의 물보라는 희망이다. 희망을 향해 떼 지어 가듯 물고기들은 물보라를 향해 간다. 그러나 물고기들의 희망은 화천군 간동면 구만리 마을의 매운탕이 되었고, 떠들썩함으로 피어오르기도 했다. 마을에 경사가 있는 날 그물과 양동이 두 개를 들고 화천댐 아래로 갔다. 그물을 댐 아래 펴놓은 뒤 "아저씨" 하고 손을 흔들면 댐 문을 살짝 열었다 닫아주었다. 물보라를 향한 유영은 찬란했지만 갖가지 물고기들이 그물에 가득했다. 떼 지어 향한 희망은 간혹 그물에 갇히기도 한다. (물보라를 쫓다가 그물에 걸린 인생들이 있었다. 그물에 걸려서도 그물에 갇힌 줄 모르는, 괴로움조차 느끼지 못하는 인생들이 있었다. 모두가 가는 길에서 저 홀로, 지독한 외로움을 겪을 때에야 비로소 그물에 갇히지 않을지 모른다. 댐 너머 물 맑은 상류에 남겨둔 희망이 있다. 스스로 빛나는 흐름의 시작. 그물에 걸려 허둥대는 시대를 건너, 흐르는 강물처럼 빛나야 한다.)

월미식당

1.

여수 오동도가 고향인 큰 백모께서 수복지구인 강원도 화천까지 오게 된 사연은 이렇다. 그러니까, 일찍이 조실부모한 삼형제는 여수에서 쌀가게를 하는 할머니 밑에서 자랐는데 큰 백부 광식은 열아홉에 열여섯 큰 백모와 조혼하고 직업군인이 되었다. 작은 백부 명식도 형을 따라 조혼하고 입대를 하였는데, 여순사건 때 반란군과 진압군으로 만나게 되었다. 형제가 이념을 달리할 이유는 줄을 잘못 선 것 말고는 설명이 안 된다. 시대 탓으로 돌리는 것도 좀 지겹다. 아무튼 현장에서 사형을 지휘하던 진압부대의 특무상사 큰 백부의 눈에 작은 백부가 발견된 것만이 다행이라고 할까. 작은 백부는 형 덕택에 목숨을 건지고 큰 백부의 지휘관 운전병이 되었다. 이윽고 전쟁이 터졌는데 큰 백부는 고등학교에 다니던 막내 동생 주식을 입대시켜 전쟁에 참여하게 되었다. 삼형제가 한 부대에서 휴전을 맞이한 곳이 화천이었다. 짐작컨대, 여수로 돌아가봐야 뭐가 있는 것도 아니고 작은 백부의 전력이 걱정되기도 했을 터이다. 삼형제는 반공으로 똘똘 뭉쳐 화천에 남기로 했고 큰 백부는 월미식당을, 작은 백부는 화천기기공업사를 차렸다.

큰 백모, 작은 백모는 전쟁이 끝난 뒤 여수에서 오직 음식솜씨만 가지고 화천까지 왔다. 이런 사연이 없었다면 강원도 산골까지 남도의 아낙이 오기란 쉽지 않았을 것. 이래서 전쟁 직후 황당무계한 수복지구 화천 사람들이 돌산 갓김치를 비롯해 칼칼한 매운탕까지 남도음식을 제대로 맛보게 된 것이었다.

2.

큰 백부가 타계하시기 전 월미식당의 작명 이유를 물어보지 못한 건 순전히 너무 어렸기 때문이다. 월미, 혹시 달月의 맛味? 큰 백부가 대단한 한량이시긴 했지만 그렇게까지 생각했을 것 같진 않다. 맛으로 따지면 솔직하게 (흔히 보는) 남도식당이나 여수식당이 적절했지 싶다. 바다海의 맛味? 해미식당이라면 모를까 괜스레 달의 맛이라고 붙일 정도로 큰 백부가 포스트모던하진 않았다. 지중해에 뜬 달? 분위기가 좀 지나치다. 이탈리아 레스토랑이라면 그런 작명도 가능했겠다. 그렇다고 그냥 생각난 대로 붙인 이름 같지도 않다. 일단 여수와의 인연을 끊기로 한 마당에 가장 반공적인 지명을 생각했음이 틀림없다. 맥아더가 상륙한 월미도가 적절했을 것이다. 큰 백부의 생각이 거기까지 미쳤다면, 그 뒤로는 별 고민 없이 월미식당이라 작명하고 식당을 운영했을 것. 해마다 큰 백모의 오빠들이 갓김치며 건어물 들을 보내왔다. 그 인연까지야 큰 백부도 어쩔 도리가 없었을 터였다. 월미식당에서 어린 시절을 보낸 나에게도 남도 음식 맛이 배어 있는 걸로 미루어 철을 거른 적도 없는 듯하다. 산골 화천이라니, 여동생을 생각하는 정 많은 남도 오빠들의 마음은 얼마나 간절했을까.

3.

화천읍 하리에 있던 월미식당이 간동면 구만리 화천발전소 옆으로 이사 간 뒤로는 매운탕과 어죽이 주 메뉴였다. 큰 백부의 작은아들 영욱은 어릴 때부터 고기를 잡았다. 학교도 잘 안 다니고 작은 숙부를 따라 쏘가리, 잉어, 메기의 산란지에서 놀았다. 영욱은 둘째 형이기도 했지만 키가 작아 사촌동생들까지 모두 작은형이라 불렀다. 작은형은 능숙하게 고기를 잡았고 큰 백모 역시 솜씨 좋게 요리를 했다. 노를 젓느라 알통이 커졌고 그물을 손질하느라 손끝이 성할 날이 없었다. 고기를 한창 많이 잡을 때는 식당에 대고도 남아 춘천댐 인근의 가게들에까지 실어 날랐다. 쏘가리 포인트가 궁금한 낚시꾼들의 안내자 역할도 작은형이 맡았는데, 어지간한 술꾼들도 고개를 절레절레 흔드는 주당이었다. 뭐, 안주가 좋아서 주당이 되었을지도 모른다. 언젠간 소주 됫병을 흔들어 그 자리에서 한입에 먹는 것도 봤다. 그날 난 한 맺힌 작은형의 눈동자를 목격했다. 그것이 큰 백부의 폭력이었든 학업중단에 대한 서러움이었든, 그런 건 잘 모르겠다. 그저 술이 좋아서 마시는 것만은 아닌 것 같았는데, 끝내 술 때문에 어린 딸을 놔두고 그 많은 쏘가리를 놔두고 여름 한

낮 강가에 버려져 바짝 마른 피라미처럼 가고 말았다.

작은형이 죽고 나서 작은형수가 지금 자리의 월미식당 주인이 되었
다. 지금은 절대 술을 팔지 않는다. 손님들은 그 이유를 잘 모를 터,
영업도 낮에만 한다. 작은형이 고기를 댈 수 없으니 메뉴도 바뀌어
지금은 달팽이(다슬기, 올갱이를 강원도에선 달팽이라 한다)해장국을
전문으로 하는데 화천 맛집 중 한 곳으로 유명해졌다. 파로호 가는
길 어간, 월미식당에 깃든 남도의 맛에는 하나의 사연이 있었던 것
이었다.

월미식당은 강원도 화천군 간동면 구만리 1384-11번지에 있다. 월미달팽이해장
국으로 상호를 바꿔 달팽이 해장국을 전문으로 운영하지만 예전에는 민물회와
매운탕을 내놓았다. 지금도 네비로 검색하려면 월미횟집을 찾아야 한다. 이용시
간은 오전 10시 30분에서 오후 4시까지다. 북한강이 한눈에 보이는 방에서 민박
도 가능하다. 밑반찬의 맛도 훌륭한데 그중 제일은 갓김치와 총각김치다.

극장

은밀하지 못함에 대한 고백

성장기의 기억을 떠올려보면, 우린 대부분을 함께 봤다. 소풍 가서 경치를, 교실에 콩나물처럼 앉아 선생님을, 이웃집 흑백텔레비전 앞에 모여서 프로레슬러 김일을, 중학교 담벼락에 옹기종기 매달려 여고생을, 또 극장에 단체관람을 가서 벤허를. 그림책 하나 변변히 없는 집에서 도무지 무엇인가를 은밀하게 볼 수 없었다.

극장에 가면 냄새가 났다. 잘 기억나지는 않는다. 홍분제 같기도 하고 미약媚藥의 맛이 그랬을까? 어두컴컴하지만 커다란 공간, 의자를 찾아 앉을 때까지, 빛의 신비, 연기를 뚫고 원뿔처럼 공간에 형성된 빛, 화면에 영상이 '쿵'하고 맞닿으면 전율이 일었다. 그 시절의 극장은 감탄사가 합창처럼 울렸고 함성이 뒤섞였다. 극장에서는 분명 어떤 풀 비린내 같은 냄새가 났다. 극장 전체로 아릿한.

육림극장은 중앙시장 끝 운교동 언덕에 있었다. 고향 춘천에서 육림극장은 광장이었다. 어둠 한가운데 감각으로 만들어진 광장. 그러나 옆으로 혹은 뒤를 돌아볼 때 선명하게 떠오르는 소년, 소녀의 표정들. 영화, 합창제, 웅변대회 같은 기억들이 살아 있는 호흡과 함께 펼쳐져서 단체로서의 기억이 떠오른다. 혼자만의 기억은 가라앉아 있다. 분명하게, 일제히, 정확히, 함께 탄식했다.

육림극장에서 운교동 로터리 쪽으로 조금 내려가면 '부산다방'이 있었다. 방과 후 우린 교복을 입은 채 거길 드나들었다. 문을 잠그고 다방에선 포르노를 틀어줬다. 몇몇 집에 비디오카세트가 놓일 때 가난한 사춘기 소년들은 담배연기 자욱한 다방에서 어른들과 어울려 포르노를 봤다. 은밀함을 배우지 못한 탓이었다. 은밀히 이뤄진 공작의 시절을 견디기 힘든 탓이었다.

춘천 육림극장은 1967년부터 영업을 시작해 소도시 춘천 시민들의 애환을 품다가 2006년 폐업했다. 유년시절 여기서 친구들과 〈벤허〉를 단체 관람했고 자주 주위를 서성였다. 소년들의 영웅담은 자주 육림극장에서 비롯되었다.

강촌역

강가에 오래 앉아 있지 마세요. 상류에는 당신의 추억이 솟는 샘물이 있는데 강이 이걸 가져온답니다. 오래 앉은 만큼 추억을 건져내게 마련이지요. 추억이 많은 사람들은 이해심이 깊어지거든요.

강물을 너무 오래 바라보지 마세요. 강안에는 자신의 내면이 가라앉아 있답니다. 눈이 밝아지면서 급기야 자신을 보게 되면 말이지요, 겸손해지거든요. 고요한 강물을 닮아버릴까 걱정입니다.

강물처럼 깊어지지 마세요. 깊은 강은 멀리 흐른다지요. 흐름에 익숙해지면 세상만사 모든 다툼이 허무해진답니다. 먼 곳까지 가야하는데 얼마나 많은 지류를 만날까요. 다 품게 되어서 또 얼마나 커질까요.

강촌역에 가는 동안 강이 당신에게 손을 흔들었답니다. 몇 굽이를

도는 동안 분명 당신은 강이 걸어오는 말을 들었음이 분명합니다. 기차이거나 버스의 창가로 고개를 숙이고 한참을 쳐다보았잖아요.

오늘 당신께서 강이 그립다면 세월이 곧 당신이 되어버린 까닭입니다. 젊음을 한때 강촌역에 두고 온 까닭입니다. 당신이 흘러서 여기까지 왔다면 이미 강물이 되어버린 겁니다. 사라졌다고 생각한 모든 것을 품고 말이지요.

강촌역은 1939년 7월 간이역으로 사용되기 시작했다. 옆으로는 지반 붕괴의 위험 때문에 피암터널이 설치되었다. 한때 청춘들의 여행 종착지로 수많은 추억을 남겼으나 2010년 12월 경춘선 복선전철이 개통되면서 폐쇄되었다. 현재는 강촌이라는 역명을 계속 사용하면서 방곡리로 이전하였다. 강은 볼 수 없게 되었다.

방앗간

신神이 만든 것만이 아름답지는 않다. 확언컨대 인간이 만든 가장 아름다운 기계는 방앗간에 있다.

남의 떡이 더 크게 보이는 건 방앗간에 쪼그려 앉아 오래도록 기다려본 아이들만이 안다. 떡이 나올 때마다 "옛다!" 하고 떼 주시는 건 아주머니다. 엄마는 바쁘다.

깻묵은 벨트의 성과물이다. 벨트는 돌고 기름은 짜지고, 남는 깻묵의 의미는 낚시꾼들만이 안다. 잉어를 유혹하는 건 깻묵이다. 아버지는 기다릴 줄 아셨다.

기다리는 만큼 가래떡은 나온다. 기다리는 만큼 떡고물은 아이들에게 떨어진다. 인정人情은, 기다림의 결과다.

기다림은 예측이 없다. 아이들은 한없이 기계가 돌아가는 걸 볼 줄 안다. 기다릴 줄 아는 건 아이들이다. 아이들에게 예측은 없다. 모든 우연은 기다림 끝에 온다.

기계공학과를 간 모든 아이들은 마을의 방앗간이 키웠다. 제어계측 공학과도.

벨트는 돌고, 반대로 돌고, 꺾어서 돌고, 공학은 떡을 만들어내면서 궁금증을 키우고, 마을의 공학은 방앗간에 있었다. 너무나 가까이 있었다.

어머니는 쌀을 빻기 위해 아이들을 데리고 갔다. 방앗간은 의도하지 않은 교실이었다. 방앗간의 엔지니어들은 몸뻬를 입었다.

반딧불이가 방앗간을 떠돌았다. 빛이, 기계 주위를 떠돌았다. 신神이 벨트를 옮겨놓았다. 기계는 능숙한 솜씨가 곁들이면 거꾸로 돌았다. 빛이, 낡은 방앗간에 있었다.

방앗간, 기계는 돈다. 벨트는 느슨해지고 인간도 느슨해진다. 아름다운 건 왜 느슨해짐 속에서만 보이는 걸까.

쌀값과 떡을 뽑는 값은 대충 비슷하다. 방앗간에는 보통 쌀을 불려서 간다. 쌀 한 말이 8킬로그램인데 물에 불리면 10킬로그램이 넘는다. 이를 갈고 쪄서 소금 넣고 가래떡 틀에 두세 번 뽑으면 가래떡이 된다. 방앗간의 역사는 농업의 탄생만큼이나 길다. 방아는 어떻게 작동시키느냐에 따라 디딜방아, 통방아, 물레방아, 연자방아 등으로 나눈다. 연자방아는 동물의 힘을 사용했다. 기계방아는 근대사회의 공학 견학소였다.

이발소 그림

인생은 유치하게 시작된다. 유치함이 곧 삶의 욕망이다. 솔직함, 진솔함은 유치함의 다른 말 같다. 난해한 문장과 씨름하다가 말고 문득 가슴에 떠오르는 문장은 어릴 적 이발소에서 본 것들이다.

이발소 그림에 적혀 있던 문장들, 가령 "생활이 그대를 속일지라도"로 시작하는 푸시킨의 시나 "서두르지 않고 유유히 걷는 자에게 지루한 길이란 없다"로 시작하는 작자 미상의 시. 지나치게 이상향적인 그림들이었지만 뭐, 삶이 팍팍한데 그림까지 인생을 가르칠 필요는 없었을 터.

어린 날, 이발소 의자에 판자를 얹고 거기에 앉아 머리를 깎았다. 하얀 거품과 가죽띠에 문지르던 면도칼을 보면서 까칠한 수염이 자라나는 현실, 어른들의 세계를 상상하기도 했다. 아저씨는 소년을 남자로 만들어주는 마술사였다.

세월이 지날수록 유치하게 여겼던 것들이 소중해진다. 썰렁한 농담에서 우정을 발견하고 부러진 연필을 쉬 버리지 못한다. 낡아 가는 것들에 대한 연민은 아닌 것 같다. 그저 삶이란 유치찬란한 것.

어미 돼지가 여러 마리의 새끼들에게 젖을 물리고 있는 그림. 갈매기가 날고, 혹은 밀레의 만종까지. 강하고 밝은 색으로 그려진 원색적인 화면. 어디선가 본 듯한 이미지. 바로 '이발소 그림'이다. '이발소 그림'이란 예술성이 없는 그림, 혹은 대량 판매를 목적으로 많이 그리거나 복제하여 싸게 파는 그림들을 일컫는다. 50~80년대 이발소 장식용으로 걸어 두었던 그림들에서 유래했다.

등화관제
燈火管制

문명을 적요寂寥하게 하는 건 등화관제다. 문명을 동요動搖하게 하는 건 전쟁이다. 어둠이 강요強要될 때 두려움이 몰려올 것 같지만 어둠 속에서 발견되는 건 동지애다.

창문에 담요를 치고 불을 끈 후 촛불을 밝히면 전쟁은 안방까지 들어온다. 위기는 질서를 재편한다. 아버지와 나는 동지가 된다. (1942년 런던은 매일 밤 등화관제가 실시되었다. 성냥불 하나 때문에 가족이 몰살되었다는 얘기가 떠돌았다.)

어둠 속에서는 귀가 밝아진다. 소문은 담장을 넘어오지 못하고 예민해진 귀가 진실을 걸러낸다. 어둠 속에서는 별이 밝아진다. 문명의 빛은 새어나가지 않고 대신 작은 창틈으로 별빛이 새어든다. 비로소 빛은 방향을 찾았다.

가끔은 마음의 불을 끄고 싶다. 우리는 모두 각자의 등화관제가 필요할지 모른다. 자신에게서 뿜어져나가는 모든 것(말과 눈빛과 손짓 모두)을 차단하고 고요에 빠져볼 일이다. 나에 대한 진실한 이야기가 들려올지 모른다. 별빛 한 점, 새어들지 모른다.

등화관제(燈火管制)는 적기의 야간공습에 대비하고 작전수행을 방해하기 위해 일정지역의 등화를 강제로 제한하는 것을 말한다(《두산백과》). 기록에 의하면 1937년 일제가 경성 전역에 최초로 등화관제를 실시했다. 정부 수립 후 1977년 7월 11일 제6차 민방위의 날을 맞아 강원도 춘천에서 전국 처음으로 등화관제 훈련이 있었다. 밤 9시 30분 경계경보사이렌 소리와 함께 춘천은 30분 동안 어둠 속에 잠겼다. 열세 살이었다. 그해 10월 15일 인천에서 두 번째로 실시되었고 이후 80년대까지 심심치 않게 강제 소등을 해야 했다.

겨울 경춘선

막차. 겨울은 뼛속까지 밀고 들어왔다. 사랑이 고통이라면 다른 고통쯤은 다 잊고도 남았다. 시간이 가까워 오면 조금씩 대화의 간격이 줄어들었다. 말줄임표도 사라져 갔다. 우리들의 여행은 끝나가고 있었을까. 새벽을 기다리며 가난한 대합실의 작은 온기를 나누었을까. 사랑은?

종착역. 끝이 없는 여행은 없다, 없기에 슬프고, 없기에 다행이기도 했다. 혁명은 억지로 봄을 부르지만 겨울아, 왜 사랑은 눈꽃처럼 네 안에서만 피어나는 것이냐. 눈물이 떨어질 것만 같은 눈동자는 아직도 길을 찾아 헤매고 있더냐. 길 끝에 종종 길이 없는 경우도 있었다.

건널목. 철로를 따라 우리가 가는 길은 일방적이고 무겁다. 차단기를 내리고 마을과 마을을 잇는 가난하고 느린 발걸음들을 가로막았

다는 걸, 자주 잊었다. 사랑도 혁명도 차단기를 내린 채 멈추지 않고 달려왔다. 위도와 경도가 만나는 지점을 지나쳐 왔다. 눈은 쌓이지 못하고 그렇게 흩어져 갔다.

경춘선은 처음에는 서울의 성동역을 기점으로 청평~가평~강촌을 지나 북한강 상류를 따라 춘천까지 총 연장 93.5킬로미터였으나, 지금은 서울의 광운대역을 기점으로 하여 춘천까지 총 87.3킬로미터다. 1936년 만철북조선철도회사가 청량리~춘천 간을 부설하였으며, 1939년 7월 25일에 성동~춘천 간의 사설철도로 개통되었다(이상 〈한국민족문화대백과〉). 경춘선은 2010년 12월 복선전철로 다시 개통되었다. 경춘선에 남겨진 추억은 엄마에서 딸로 복선화 되었다. 주변을 감싼 풍경 또한 변함이 없다. 《겨울 경춘선》은 시인 신동호의 첫 번째 시집으로 푸른숲에서 1991년 출간되었다.

동네 목욕탕

늘은 아버지가 사우나, 찜질방엔 없고 목욕탕엔 있다. 타일은 늘 미끌거렸다. 물때 때문이었을까. 사람이라면 으레 풍기기 마련인 물비린내도 있었던 것 같다. 아버지들이, 일주일 내내 험한 소리를 들은 아버지들이 귀를 씻고, 일주일 내내 발을 씻지 않은 어린 아들의 살을 벅벅 밀어주던 아버지들이, 때를 벗겨내는 만큼 계급을 바꿀 수 있다고 생각한 아버지들이, 일요일 아침이면 목욕탕에 가득했다.

몸이 으스스하도록 겨울바람이 불면 김이 뽀얗게 서린 동네 목욕탕이 생각난다. 살이 벌게지도록 때를 밀어주시던 아버지가 거기 있었다. 수건을 접어서 이태리타월에 집어넣는 방법을, 나는 지금 아들에게 가르쳐주고 있다. 명절 앞이면 아들을 데리고 되도록이면 작은 목욕탕을 찾는다. 온탕에 몸을 담그면 아랫도리부터 뜨끈뜨끈하게 아버지 생각이 올라온다. 그런 날이면 나도 모르게 아들에게

1부 바람의 속도를 경외하다

바나나우유를 권한다. (아버지는 삼강사와를 사주셨다. 왜 삼강사와였는지는 잘 기억나지 않는다. 다만 그걸 마시는 재미로 온탕의 고통을 참았을 것이다.)

옷을 벗는 일은 간혹 세월을 확인하는 일이다. 벗은 몸뚱아리를 보는 일은 매번 세월을 확인하는 일이다. 구석구석 때를 밀다가 사타구니에 자란 흰털을 발견하는 일은 세월의 거리를 가늠하는 일이다. 발뒤꿈치나 팔꿈치를 사랑하게 되려면 때를 밀어보아야 한다. 아들의 등을 밀어주다가 문득 "어깨가 믿음직하다"고 느껴보려거든 사우나 말고 동네 목욕탕의 키 낮은 의자에 앉아보아야 한다.

1924년 평양에 첫 대중목욕탕이 생겼다. 일본의 영향이었겠지만 지금은 때밀이라는 특유의 목욕법과 함께 우리만의 목욕문화가 형성되었다. 1990년대까지 동네 목욕탕은 성황을 이뤘으나 가정 목욕과 대형 찜질방의 등장으로 우리의 골목에서 사라져가고 있다.

종로서적

몇 번의 책장 정리에서 굳세게 버틴 책이 한 권 있다. 《보들레에르》. 프랑스 상징파 시인 보들레르의 삶과 미학을 다룬 비평집이다. (김붕구 선생의 저서로 문학과지성사에서 1977년 초판으로 나왔으며 내 것은 1984년 판으로 9쇄다. 2003년 14쇄를 찍었고 현재는 절판되었다.) 누나의 입학 축하 문구가 속지에 적혀 있다. 1985년 체육과 졸업반이 된 누나가 종로서적에서 국문과에 입학한 내게 선물로 사주었다. (그해 가을 종로 YMCA 앞 가두투쟁 중에 종로서적 앞에서 체포되었던 기억이 난다.)

아마도 나는 불온한 삶을 살고 싶었던 모양이다. 보들레르며 랭보의 전복적 삶만이 나를 지배하고 있었다. 그러나 그건 문학적 전복이었지 체제 전복은 아니었다. 김지하나 김남주, 박노해는 아직 가까이 있지 않았다. 그러나 대학에 입학해 한 달도 되기 전에 운동권이 돼버렸다. 학생운동은 도덕성을 요구했고(한국만의 특성 같다)

문학은 그만큼 뒤처졌다. 가끔 《보들레에르》를 들춰보다보면 내가 모더니즘과 사실주의 사이에서 얼마나 방황했는지 보인다. 아쉬운 청춘이다.

아무튼 누나와 나는 종로서적을 나와 광화문 쪽으로 걸었다. 양장본의 《보들레에르》가 어울릴만한 클래식 다방이 있을까 싶었다. 고전음악감상실이 눈에 뜨였는데 그렇게 유명한 곳인 줄도 모르고 간 곳이 '르네상스'였다. JBL 하츠필드'라는 유명한 스피커가 설치되어 있었다. 그날 오후 브람스를 들으며 대학생이 된 기분을 흠뻑 만끽했다. 문학으로 수놓을 교정을 내내 떠올렸던 것 같다. (그러나 현실의 교정은 내내 최루탄에 휩싸였다.)

사라져 간 것들은 존재의 크기만큼 추억을 남긴다. 시간과 공간은 기억의 앞뒤에서 순서에 얽매이지 않은 채 추억을 재구성한다. 운동권이 되지 않았다면 보들레르 같은 시인이 되어 있을까? 그동안 누나의 삶엔 왜 애착을 보이지 않았던 거지? 누나를 위해 한 권의 책을 골라야 할 듯싶다. 추억이 많아지니 나이 드는 것도 괜찮은 것 같다.

• 종로서적은 1907년 '예수교서회'라는 이름으로 목조건물을 구입해 성경과 찬송가 등을 판매하기 시작한 이래, '교문서관', '종로서관'을 거쳐 1963년 '종로서적센터'로 서점명을 바꾸면서 최대의 대형서점이 되었다. 1983년에는 출판부를 설립하였고 1997년 국내 최초로 인터넷 서점을 개설했다. 그러나 백 년 가까이 종로 거리를 지켜오다가 어음 2천8백만 원을 막지 못하고, 2002년 6월 4일 최종 부도 처리되어 역사에서 사라졌다.
•• '르네상스'는 한국전쟁 중에 대구에 문을 열었다가 1959년 종로1가 영안빌딩 4층으로 옮겨 왔다. 가난한 젊은이들의 안식처요 도피처였다. 보통 다방과 달리 입장료를 받았다. 1987년 문을 닫고 그곳에서 사용되었던 음반들과 음향기기들은 문예진흥위원회에 기증되었다.

오징어놀이

선線이 중요했다. 선을 배웠다. 38선, 휴전선, 나무책상에 그어진 조악한 선. 선 너머 노을이 졌고 꿈속에서 옆구리에 날개가 돋은 아저씨, 구두에 흙이 묻은 아저씨가 선을 넘어오기도 했다. 칼을 가지고 선을 넘은 친구의 공책을 단호하게 자른 일도 있었다.

오징어놀이의 핵심은 깨금발의 능력과 힘겨루기였지만 늘 선을 밟았네, 안 밟았네 하며 싸웠다. (이 놀이는 맨 위의 동그란 곳에서 공격이 이뤄지고 아래 오징어 몸통에서 수비가 공격을 막는다. 공격은 골인지점을 발로 밟으면 이기고 수비는 공격을 전부 아웃시켜야 이긴다. 공격은 오징어 몸통에서는 깨금발이어야 한다. 골인지점을 야도판이라고도 불렀다.)

육해공군놀이는 전멸전이었다. 물론 선을 넘으면 안 된다. 자신의 영역에서는 두 발로, 다른 영역에서는 깨금발로 다녀야 한다. 마지

1부 바람의 속도를 경외하다

막 남은 팀은 다음 놀이에 공군이 되었다. 공군은 공군이니까 땅에 손이 닿으면 안 되었다. 힘이 좋아야 하니까 톨스토이를 읽었다던 장학사집 친구는 깍두기가 되곤 했다. 옷이 찢어지는 일이 다반사였고 꼭 우는 놈이 나왔다.

이 놀이들은 가난한 아이들의 놀이였다. 운동장 한쪽으로 몰린, 별로 갈 곳도 없는 아이들의 힘겨루기였다. 어차피 전쟁에 나가 죽는 건 가난한 아이들이었으니까 톨스토이 전집도 없는 아이들은 선을 밟아가며 놀았다. 반공을 주홍글씨처럼 새기고 그렇게 놀았다. 1976년 어간이었다.

국기하강식

웅변학원은 중앙시장을 지나 약사리고개 쪽에 있었다. 원장님은 장신에 대머리였고 씩씩했다. 5학년 때 아버지는 나를 데리고 웅변학원에 갔다. 내가 수줍음이 많아서였을 것이다. "하나 하면 하나요! 둘 하면 둘이요!"를 지루하게 여러 날 반복했지만 별 소용이 없었다. (반공 웅변대회에서) 수상한 이웃들을 조심하자는 나의 주장은 공산당을 때려 잡자는 당찬 주장에 번번이 밀렸다.

하굣길 땅따먹기를 하다보면 늘 국기하강식에 걸렸다. 애국가가 울리는 몇 분 동안 우리는 애국가가 울리는 쪽을 향해 부동자세로 서 있었다. 움직였네, 안 움직였네, 다투는 사이 움직인 놈은 공산당이 되었다. 그중에서 유독 모자를 벗지 않고 꼼지락대는 공산당 녀석이 있었는데 중앙시장 생선가게집 아들이었다. 녀석은 내가 본 최초의 아나키스트였고 반독재의 (위대한) 스승이었다.

장춘냉면집

슬픔을 흘리며 백령도로 갔다. 겨울바다는 내내 카타리나행 8시 기차를 그리워했다. 연인은 돌아오지 않을 것이다. 절망이 눈물을 삼키듯, 파도 속으로 함박눈이 사라져 갔다. 부두에 내렸지만 기다리는 사람은 없었다. 새해로 간신히 건너갔을 뿐 겨울이 계속되고 있었다.

백령성당 앞, 단층집 앞마당에 쌓인 눈이 깊다. 첫 발자국을 찍고 적어온 매뉴얼대로 움직였다. 번호키를 누르고 들어가 주전자에 물을 받은 다음, 뒷마당으로 가서 보일러실 물통에 붓고 스위치를 켰다. 방으로 돌아와 이불 속으로 들어갔다. 냉기가 가시길 기다렸다.

패배는 쓰라렸다. 지난 두어 달을 곱씹어 보았다. 후회만 어깨에 쌓였다. 오한이 들 듯했다. 그렇지, "문을 조금 열어놔야 보일러가 꺼지지 않는다" 했었다. 그제야 기억났다. 보일러는 꺼져 있었다. 보일러실 나무문이 삐걱댔다. 국가도 삐걱댈 것이란 걸 눈치챘어야 했다. 지쳐 있었던 탓이다.

성당 언덕에서 50여 미터쯤 내려가면 백령도서관이 있었다. 화장실에서 더운물이 나왔다. 거기서 세수를 했다. 열람실엔 삼십대 초반의 사서뿐이었다. 책장 넘기는 소리만 둘 사이에 놓였다. 백령도의 여자들은 눈이 짙다. 황해도에서 온 아버지의 딸들이다. 황진이의 눈도 저리 우수를 담고 있었을까. "장촌냉면집 냉면의 메밀냄새가 젤 깊어요." 까나리액젓같이 곰삭은 목소리였다.

장촌냉면집 문은 닫혀 있었다. 멀리서 군용 지프차가 다가오더니 굴뚝을 한 번 쳐다보고 그냥 갔다. 눈이 내렸다. 길을 물어 찾아오는 동안 사람들이 뿔뿔이 사라졌다. 발이 시렸다. 동토凍土에서는 발이 시린 법이다. 길을 잃고 서성이는 일도 잦았다. 무료함을 가장해야 했다. 부산을 떤다고 당장 바뀔 세상도 아니었다.

해안경비대가 있기는 한 것일까. 눈이 짙은 사서는 방공호로 가는 길목에서 애인을 만날까. 메밀반죽엔 손자국이 그대로 남아 있을까. 2년이 흘렀다. 생각보다 패배의 후과는 컸다. 그사이 남쪽 바다엔 바닷물보다 눈물이 많아졌다. 장촌 포구를 돌아 세 시간, 아저씨가 저 멀리서 오고 있었다. 점점 커지고 있었다. 눈발은 그치고 있었다.

• 장촌냉면집은 인천 옹진군 백령면 남포리에 있다. 2012년 대통령선거가 끝나고 백령도에서 열흘을 보냈다. 어금니가 너무 아팠다. 냉면의 서늘한 기운이 그나마 달래주었다. 장촌냉면집 아저씨는 주문을 받은 뒤에야 국수를 뽑아주신다. 기다리는 시간이 즐거울 때도 있다. 냉면의 맛을 아는 이라면 그럴 것이다. 민주주의를 경험해본 사람도 또한. 시인 신동호는 2014년 세 번째 시집 《장촌냉면집 아저씨는 어디 갔을까》를 발표하였다.

•• 사진은 백령도 해안의 살풍경. 배의 접근을 막기 위한 방책이다.

골목

골목은 예측불허의 공간이다. 골목은 국가가 개입되지 않는 공간이다. 느닷없는 폭력이 벌어지기도 했지만 법의 테두리 밖에서 소년들은 강해졌다. 어느 날 골목이 사라지고 공권력이 거리에 닿자 우리는 과보호되었다. 점점 나약해졌다. 국가에 귀속되었다.

골목은 두려움의 공간이면서 동시에 방황의 공간이다. 불 꺼진 골목에서 자란 소년은 골목 끝, 먼 집, 사람의 따스함을 그리워할 줄 안다. 얼마나 지루하게 골목길을 돌아야 방황이 끝나는지 안다. 담벼락에 몰려 극도의 두려움에 빠졌을 때 세상이 얼마나 험난한지 깨닫게 된다.

그해 겨울 고3이 되던 무렵, 키만 멀쭉이 크기만 했던 나를 일군의 사내들이 조양동 유곽의 골목으로 끌고 갔다. 치정이었는지, 돈이 필요해서였는지, 단순한 폭력 행사였는지 아직 모른다. 몇 차례 주

먹이 날리고 고개를 들자 그중 한 사내가 두려움이 묻은 목소리로 말했다. "야! 얘 혜숙이 동생 같애." 이윽고 사내들이 흩어졌다. 지방국립대 체육과에 다니던 누나가 그렇게 센 줄 그때 첨 알았다. 국가 공권력보다 빠른 인간관계가 골목에 숨어 있었다.

골목은 성장의 공간이다. 소년들은 골목에서 어른이 된다. 골목의 통과의례를 지나온 소년들은 함부로 세상을 계층화하지 않는다. 시험으로 어른임을 증명한 소년들이 국가를 농락하고 있지만 골목을 혼자 걸어보았던 소년들은 끝내 골목 끝까지 걷는다. 끝내.

삶은 자주 단순하다

〈성천막국수〉 중에서

성천막국수

소주 세 잔이 삼삼하다.
날은 창창하고 근심을 널어 말리니 겨우내 묵은 절망의,
퀴퀴한 냄새가 기화하는 듯하다.

답십리 성천막국수는 한여름 깊은 산 계곡 같다.
스승 상천 선생의 말이라 해서 철석같이 맛을 믿었다.
지난밤 비에, 길은 벚꽃으로 얼룩졌고 국수집엔 메밀꽃이 피었다.
강원도 횡성, 여름날의 갑천은 나뭇잎 하나 없이 투명했다.
동치미 국물에 잠긴 국수는 흔한 고명 하나 없이 솔직했다.

삶은 자주 단순하다.
마음을 어루만지는 일 또한 양념이 필요치 않다.
지난밤 아내의 엉덩이를 두드린 일은 정말 잘한 것 같다.

면 삶는 냄새를 콧등에 남긴 오후, 길다.

구슬

누구에게는 그것이 동네 문방구에서 파는 불량 장난감이겠지만 다른 누구에게는 처음으로 마주친 미美의 세계일 수 있다. 어떤 소년의 심연에 닿아, 한참 지나 빨갛게 피가 솟듯 날카롭게 스치며 남긴 미美적 감수성일 수 있다. 아무리 애써도 잘 기억나지 않는 첫 키스처럼, 마리 앙뚜아네뜨의 보석보다 가치 있을 수 있다.

유년시절 구슬을 우린 '다마'라 불렀다. 난 별로 승부욕이 없어서 늘 다마를 잃었다. 쌈치기든 구멍치기든 상대편의 얼굴이 붉어지면 어느새 따고 싶은 마음이 쪼그라들었다. 번번이 싹 쓸어 가는 녀석들이 참 용했고 부러웠다. 가득 따서는 한 주먹씩 다마를 쥐어주는 놈도 있었는데 그걸 못해본 게 못내 아쉽다. 구김살 없이 자란 이층집의 몇몇은 다마에 초연했다. 그 초연함은 대물림되는 것인지 모른다. 물론 나는 아직 이층집에 살지 못한다. 초연함을 배우지 못했다.

2부 삶은 자주 단순하다

경쟁에서 밀려서였는지 내게 칸트적 감수성이 있었는지 그건 알 수 없다. 다만 어느 날부터 다마를 따는 것보다 감상하는데 몰두했던 것 같다. 예쁜 것, 색다른 것, 왠지 끌리는 것들. 투명한 유리 안에 유연하게 휘어진 색띠에서 아름다움을 만난 건 분명하다. 꽤나 오랫동안 책상서랍 안에 다마 몇 개가 남아 있었다. 단순하게 우윳빛을 띤 다마를 그중에 제일 좋아했던 듯하다.

소도시의 뒷골목에서 구멍가게집 소년이 제대로 된 미美를 접하긴 쉽지 않다. 아버지 손에 이끌려 이발소 대기의자에서 본 그림들이나 누렇게 바랜 큰집의 '가화만사성'은 미美라기 보다는 쇠락한 과거였다. 조악한 다마 하나 안에서 미美를 만났다면 그 다마가 소년의 세계다.

나에게 구슬을 따간 친구들은 지금쯤 어디서 무엇을 하랴.

구슬은 처음에 고운 흙(찰흙)으로 빚어 그늘에 말렸다가 놀았다. 시냇가의 동그란 돌, 도토리 열매도 대용품이었다. 그러다가 도자기를 구울 때 흙으로 빚은 구슬도 함께 구우면서 사기구슬이 등장했다. 그 후 일제강점기에 유리 사용이 많아지면서 유리구슬이 등장했다(이상 〈문화콘텐츠닷컴〉). 화천 같은 전방마을에서는 탱크에서 나온 쇠구슬을 갖고 놀기도 했다. 구슬은 재산목록 1호로 소년들의 로망이었다. 세모치기, 벽치기, 눈치기, 막치기, 쌈치기, 홀짝을 하며 놀았다. 상대편의 구슬을 튕기기 위해서는 엄지와 중지 사이에 구슬을 끼고 잘 겨냥해야 했다. 상당한 연습이 필요했다.

연
탄

동굴 입구의 불씨는 밤새 꺼지지 않았다. 눈발이 흩날리던 구석기 크로마뇽의 남자는 잠을 설쳐가며 불을 지켰다. 익힌 고기를 먹게 된 그들의 하관이 작아지고 뇌가 커졌다는 건 후대의 발견이다. 새벽마다 잠을 깨 연탄을 갈던 아버지에게 구석기의 버릇이 이어졌다. 그건 그저 삶의 연장선이다.

고양이는 늘 아궁이 옆에서 잤다. 새벽녘, 고양이 신음소리가 너무나 애처로웠던 탓이다. 고양이를 좋아하던 아버지가 억지로 눈을 떴다. 고양이와 단칸방에 살던 우리 네 식구 모두 연탄가스에 중독되어 정신을 잃기 직전이었다. 방문을 열자 찬 겨울 공기가 방으로 밀려왔고 우리를 살렸다. 귤즙을 짜서 고양이에게 먹이던 아버지의 모습이 선하다. 아버지의 정성에도 불구하고 안타깝게 고양이는 끝내 죽고 말았다. 고양이의 가녀린 울음소리가 아니었다면 우리 가족은 다음 날 강원일보에 날 뻔했다. "일가족 연탄가스 사망"이라고.

창고에 가득 연탄을 쌓아놓은 후의 아버지, 그가 보고 싶다. 뭐랄까 뿌듯한 모습이랄까, 안도의 표정이랄까, 정확히는 모르겠다. 크로마뇽 남자의 표정도 그랬겠지 싶다. 가끔 어느 때 나도 아이들에게 그런 모습으로 보일까 생각해보지만 보일러 스위치를 켜는 일 따위로 그런 원시적 아버지의 뿌듯함이 나타날 리 없다. 요즘의 겨울은 참으로 아버지들을 나약하게 만들지 싶다.

등이 먼저 따뜻했던 구들장을 기억한다. 아랫목에 모여 누룽지를 먹던 시절에 가족의 육체를 맞닿게 한 건 연탄이었다. 어느 날 방바닥을 뜯어 돌을 들어내고 보일러 파이프를 깔았다. 그날도 아버지의 이마엔 땀이 송골송골했지만 아랫목, 윗목이 사라지자 나에게 사춘기가 왔지 싶다. 연탄을 보면 이상하게도 등이 따뜻하다.

연탄은 무연탄을 주원료로 성형해 만든다. 공기구멍이 뚫려 있어 구멍탄이라 부르기도 한다. 구멍수에 따라 구공탄, 십구공탄으로도 부르며 집에서 쓰던 연탄은 구멍이 22개다. 1986년 서울에서 234만 가구가 연탄을 사용했다(이상 〈한국민족문화대백과〉). 연탄이 타면서 발생하는 일산화탄소에 중독되면 사망에 이르렀다. 한때 연탄가스 중독으로 가난한 가족 모두가 사망하는 일이 흔했다.

똥

재래식 변소를 쓰던 시절, 똥도 같이 어울려 살았다. 똥 위에 똥을 싸고 니 똥 내 똥을 구분할 수 없을 때 식구들은 모종의 일체감을 느꼈다. '똥둣간'에서 풍기는 냄새는 '우리'의 냄새였다. 모든 신비스러운 것들을 지상으로 불러와 인간적 유대감을 되살려주는 것이 똥이었다.

자양동 꼬치골목에서 친구와 동생들이랑 어울려 세 시간을 똥 얘기로 시간을 보냈다. 실로 똥 얘기는 얼마나 무궁무진하단 말인가. 양꼬치가 청도맥주 한잔과 더불어 위장을 거쳐 똥이 되어 가는 동안, 몇몇은 똥이 마려워 안절부절못하고 또 몇몇은 양꼬치 위로 앉았다가 달아나는 똥파리들과 씨름하고 몇몇은 똥과 함께했던 추억에 빠져들고 몇몇은 메탄과 암모니아를 과학적으로 분석하는 시간이었다. 똥을 그리워하다니, 그건 한국 사람만이 할 수 있는 일이었다.

겨울날 똥 위에서 똥이 얼어 똥고드름을 만들었다. 똥 깨는 아버지는 든든한 가장이었다. 여름 장마철, 똥이 떨어지면 똥물이 튀었다. 똥물을 피하는 다양한 방법들이 소개되었다. 신문지를 가지고 있다가 순간적으로 가리거나, 잽싸게 한쪽으로 피하거나. 똥이 똥 얘길 했고 똥이 똥 얘길 들었다. 똥이 똥만도 못한 세상을 걱정했고 똥이 똥같은 세상을 꿈꿨다. 똥이 안주가 되었는데도 연태고량주 두 병을 비웠다.

학교에서 똥을 가져오라고 하자 아이들은 개똥, 소똥, 누나 똥을 나뭇가지로 조금 덜어 가져갔다. 어떤 아버지는 학교에서 거름이 필요한 모양이라 했다. 똥통 가득 똥을 퍼다 날랐다. 콩나물같은 아이들, 전교생 모두의 채변봉투를 채우고도 넉넉히 남을 양이었다. 똥이 인심이던 시절도 있었다. 남의 집에 가서 똥을 누고 오면 혼나던 시절도 있었다.

똥을 누는 시간은 자기의 시간이다. 가끔 똥이 생각을 담은 채 똥둣간에 떨어지는데 재래식 변소에는 생각들도 옹기종기 모였다. 똥에 담긴 생각이 이 나라 논과 밭에 새겨져 있을 것. 아무리 근대적 위생개념을 주장해도 '똥'이 가진 청명한 의성어는 사라지지 않을 것.

1900년대 초 수원에서는 똥 상등품 한 섬에 30전, 중등품은 20전, 하등품은 10
전에 거래되었다. 당시에는 밤중에 똥을 몰래 퍼갈까 봐 야밤 감시를 했을 정도
였다(이상 〈한국민족문화대백과〉). '이재수의 난' 때 제주도 항쟁군들은 전투를 하
다가도 돼지 먹이를 주려고 집에 가서 똥을 눴다(김윤식, 〈속음청사〉). 똥의 한자
이름인 분(糞)은 쌀(米)자 아래 다를(異)자를 쓰는데 똥을 미화한 글자다 좀 더 원
시적인 한자는 시(屎)다. 똥의 어원은 '뒤〉뒝〉등〉동〉똥'이 되었다는 설이 있다(김
경우, 《똥을 왜 버려요?》, 상수리, 2009). 확인해보진 못했지만, 서양인들은 똥과
오줌을 동시에 못 눈다고 한다. 우린 경험해보았듯이 동시 배설이 가능하다. 똥
만 떨어지면 '덩' 소리가 나고 오줌과 함께 떨어지면 '똥' 소리가 난다는 속설도
있다는 사실.

아이스케키에 관한 연구

얼음은 동심童心이다. 배탈은 아이들의 용어고 특권이다. 어른이 되면 위장병 혹은 장염으로 부른다. 얼음은 화를 삭이는데, 화가 날 리 없는 아이들에게는 그저 기분을 좋게 하는 묘약이다.

아이스케키는 물에 설탕이나 사카린을 넣고 색소를 섞어 둥근 막대 틀에 넣어 얼린 얼음과자다. 딱딱하니까 하드라고도 했다. 아시다시피.

1939년 7월 26일 조선총독부는 오후 11시 이후 아이스케키 판매를 제한했다. 대구에서였다. 총독부가 조선 아이들의 배탈을 걱정했는지는 잘 모르겠다. 한 달여 후 2차 세계대전이 발발했다. 두 해 뒤에는 태평양전쟁이 시작됐고. 뭐 그렇단 얘기다.

아이스께끼라 불러도 무방하다. 아이스케이크ice cake의 변형된 일본식 발음이거나 장사꾼이 외치기 좋게 바꾼 장터의 언어다. 아무튼지.

고무신짝이나 유리병과 바꿔먹을 수 있던 마지막 물물교환 품목이었다. 호호 할아버지가 장판 밑에서 꼬깃꼬깃한 돈을 꺼내주시기도 했지만 아주 드문 일이었다. 뙤약볕 아래에서 아이스케키는 입가와 손등에 끈적끈적한 흔적을 남겼다. 거기에 흙먼지가 묻으면 꼬질꼬질했다. 그걸 핥아 먹는 맛이란. 그러고도 뱃속이 든든한 아이들은 늘 있었다. 회충이 꼬물꼬물 똥과 함께 나오던 시절이었다.

BC 4세기 경 알렉산더 대왕이 페르시아 정복 후 얼음에다 과일을 섞어 먹었다고 한다. 시원했겠다. 속이 타기도 했겠다. 샴페인을 마시다 문밖에 둔 메디치가의 요리사가 언 샴페인을 먹어 보게 됐다. 1550년경의 이탈리아에서였다. 아이들이 이미 얼음을 깨 먹거나 눈송이를 뭉쳐 먹으며 느꼈을 기막힌 맛이었다.

치마 들추기를 아이스케키라고도 한다. 옛날 아이스케키 포장을 벗겨내는 모습과 닮아서 그렇다는 설, 치마를 들추면 시원할 것이라는 생각에서 그랬다는 설, "심봤다!"와 같은 의미로 아이스케키를 외쳤다는 설, 치마를 들추면 아이스케키를 사줬다는 설까지 있다. 모두 근거는 없다.

개중 그럴듯하게 들리는 설이 하나 있다. 마징가를 그렸던 70년대 일본 만화가 나가이 고永井豪가 그린 한 장면에서, 아이스케키를 외

치며 치마를 들췄고, 그러면 아이스케키를 사줬다는 것이다. 확인
은 못했다.

봄날의 나풀거리는 치마는 동심을 흔든다. 나는 단지 그 이유라고
생각한다. 동심을 흔드는 얼음처럼.

마음이 단단하게 얼었을 때, 달콤한 아이스케키는 입속에서 자신을
녹이면서 마음까지 풀어준다. 고체가 액체로 변할 때는 간지러움이
새어나온다. 절로 웃음을 머금게 된다면 이에 중독된 탓이 분명하다.

우리나라에 처음 생산된 아이스크림은 '아이스케키'로 한국전쟁 직후인 1953년
으로 추정된다. 냉장설비가 부족한 시대여서 대량생산은 힘들었고, 나무꼬챙이
에 팥가루를 넣은 얼음덩어리로 아이스케키통에 담겨 팔렸다. 1963년 전설적인
아이스케키 '삼강하드'가 출시되어 시장을 장악한다. 전통적인 아이스케키는 살
아남기 힘들게 되었다. 냉동설비의 발전과 더불어 1970년 여름을 앞둔 4월 '부
라보콘'이 나오면서 아이스크림이 아이스케키와 경쟁하는 시대로 돌입했다. 여
인광 감독은 영화 〈아이스케키〉(2006년)를 만들었다. 신애라가 엄마 역으로, 주
인공인 아들 영래 역은 박지빈이 맡았다. 1969년을 배경으로 하는 이 영화에서
열 살짜리 소년 영래는 갖고 싶은 운동화를 사기 위해 아이스케키를 판다.

고무신 사용법에
대한보고서 ─

(황망하나이다. 위낙 민간에서 은밀하게 전승되는 관계로 시간이 많이 소요되었음을 말씀드리지 않을 수 없나이다. 근자에는 고무신을 신는 백성들이 적을 뿐더러 삼남에서 아이들 몇 명을 찾았으나 날이 저물자 총총히 사라져버린 탓에 동영상을 남기지 못하였나이다. 더군다나 국가기록원과 규장각, 심지어 국정원의 비밀파일까지 뒤졌으나 기록을 찾지 못하였나이다. 모두 못난 백성들이 자기들끼리 즐기며 구전으로만 전승하였기 때문이옵나이다.)

1910년대 고베 상인들이 배 모양의 고무신을 만들어 조선에 들여왔나이다. 백성들은 배 모양의 장난감인줄 알고 냇가에서 둥둥 띄우며 놀았나이다. 송사리를 잡으면 여기에 담아 어항 대용으로 사용했나이다. 발에 땀이 나면 미끈거리오나 방수 성능은 뛰어난 줄 아옵나이다. 천안함을 고무로 만들었어야 했다는 주장이 있었나이다.

고무신을 처음 신은 이는 순종이었나이다. 1919년 중인 이하영이 대륙고무주식회사를 설립하였나이다. 1922년에 고무신공장이 난립하여 경표, 상표, 별표, 대륙표 등이 있었나이다. 백성들은 40전에 구입하였나이다. 순종의 유지를 받들고 백성들의 고무신 장려를 위해 여왕께서도 고무신을 신으시길 간청드리옵나이다. 노랑색 고무신도 있었나이다.

어린 백성들은 고무신을 가지고 갖가지 자동차를 만들었나이다. 모래밭에서 해가 지도록 놀았던 탓에 부모들의 걱정을 끼쳤나이다. 고무신이 뒤섞여 자기 걸 찾지 못하는 백성이 있어 실로 표를 만들거나 뒤축에 천을 대기도 했나이다. 중 성철이 1993년 낡은 검정고무신 한 켤레를 남기고 입적하여 백성들의 존경을 받았나이다. 여왕께서도 본받아 그렇게 입적하시면 존경을 받아 마땅하올 줄 아옵나이다.

부산의 국제상사(프로스펙스), 말표 태화고무(르카프), 기차표 동양고무(프로월드컵), 범표 삼화고무(나이키 하청) 등이 고무신을 만들다가 나라의 신발산업을 일으켰나이다. 어린 백성들은 타이야표 고무신을 선망하였나이다. 뒤축이 찢어져 꼬맨 백성들은 이제 없나이다. 모두 여왕이 선덕을 쌓으신 덕분이 아닌가 사료되옵나이다.

민간에서는 신던 고무신을 벗어 물을 떠 마시거나 몸을 씻는 등 지저분한 일이 있었나이다. 그걸로 할머니의 거시기를 치면 처녀 거시기가 된다는 차마 말씀드리지 못할 고얀 백성들의 사용법이 있었나이다. '고무신을 거꾸로 신는다'는 말이 아직도 들리는 것으로 보아 처녀들은 자기들만 몰래 고무신을 신는 것으로 짐작되옵나이다.

이 기회를 들어 말씀드리옵나이다. 신臣이 신神가인 관계로 신에 대해 잘 알 것이라는 청와대 만조백관들의 말은 근거가 없는 것이옵나이다. 날은 칠흑같이 어두웠지만 백성들은 희망을 잃지 않고 있었나이다. 부디 귀를 여시고 차후에 진정 신을 잘 아는 이에게 명을 내려주시기 바라옵나이다. 백성들은 비밀이 많았나이다. 신은 이것으로 보고를 마치고 낙향할까 하옵나이다. 부디 청을 들어주시옵기를 앙망하나이다.

캐시밀론 담요

요즘은 이불을 안 갠다. 맘 좋은 아내는 거의 한 달에 한 번쯤이나 이불을 개라 한다. 아침에 일어난 대로 그대로 뒀다가 저녁에 쏙, 몸만 들어간다. 이불이 치워져 있으면 남의 집 같다. 출장길 숙소들의 깔끔함은 적잖이 당황스럽다. 요 위에서 아무렇게나 둘둘 말린 이불이야말로 '나'다.

그래도 가끔은 자발적으로 이불을 갠다. 어머니가 오실 땐 꼭 개야 한다. 어머니의 잔소리가 걱정되어서가 아니라 시큰거리는 손으로 이불을 개시기 때문이다. 어머니가 젊으셨을 때, 이불을 개지 않는 건 상상할 수 없었다. 아침마다 혼났다. 그 무겁던 솜이불. 그걸 개어 장롱에 넣는 건 그야말로 아침의 노역이었다.

젊은 어머니는 하루가 멀다 하고 이불보를 빨아서 풀을 먹였고 다듬이 방망이로 두드려 새로 꿰맸다. 이불보를 꿰멜 때 이쪽저쪽 잡아드리는 건 언제나 내 몫이었다. 솜이불을 깨끗하게 유지하시는 게 삶의 목적이라도 되는 것 같았다. 교복 애리(옷깃)도 매일 빨아 아침마다 새로 달아주셨다. 깨끗해야 당연히 부족함도 가난함도 감출 수 있을 터였다. (그렇게 자란 거에 비하면 난 좀 지저분하다. 나이 들어 상당히 좋아지긴 했지만 친구들이 보기엔 거기서 거기인 모양이다. 하긴 폴라티를 두 주째 입고 있다. 양말도 보통 이틀씩은 기본으로 신는다. 사실은 빨래를 줄이고 싶은 깊은 뜻이 있다. 진짜다.)

그러던 어느 날 솜이불이 캐시밀론 담요로 바뀌었다. 포근했는데 부드럽기까지 했다. 개기에도 안성맞춤이었고 가벼워서 이불장 높은 곳에 올려놓기에도 좋았다. 그맘때쯤 어머니의 이불보 빨래도 그쳤고 다듬이는 창고로 들어갔다. 생활도 조금은 가벼워지지 않았나 싶다.

요즘 이불은 개도 캐시밀론 담요같이 각이 안 나온다. 요즘 게 당연히 더 따뜻하겠지만 어린 어깨를 덮어주던 그 포근한 기분만은 캐시밀론 담요가 최고다. 몸에 착 감기는 맛도 대단했다. 변명 같지만, 정말이지 요즘 이불은 개도 갠 거 같지가 않다. 진짜다. 그래서 그냥 두는 거다.

캐시밀론은 일본에서 개발한 것으로, 원래는 'A 30'이라고 불렀다. 폴리아크릴로
나이트릴을 진한 질산에 용해시켜 묽은 질산액에서 습식방사하여 늘린 것이다.
염색성을 좋게 하기 위하여 약 10퍼센트의 아크릴레이트를 혼성 중합시키고 있
다. 촉감은 캐시미어와 비슷하며, 보온성이 있으므로 내의·담요 등을 만든다(이
상 《두산백과》). 캐시밀론 담요는 60년대 말 월부로 판매되기 시작했다. 당시 가
격 3,500~4,000원.

개에 관한 고찰

이상한 걸 알게 되었다. 개를 보고 반가워하는 사람은 표정도 밝다. 개를 데리고 산책을 다녀보면 알게 된다. 개를 보고 피하지 않는 사람에겐 문명의 냄새가 난다. 비옥한 초승달 지대에 불던 바람, 거기에 섞여 있던 밀냄새가 난다. 거기서 처음 야생동물을 가축화했지 않았던가.

꼬리를 내리게 되면서 개는 인간의 삶 속으로 들어왔다. 정확히 얘기하면 유전적으로 성공을 거뒀다. (개는 약 4억 마리쯤 된다. 이에 반해 늑대는 전 세계에 4만 마리쯤 남았다.) 인간이 개를 길들였을까. 개가 인간의 삶을 이용해 더 다양하게 번식했을까. 야생野生, 우리들의 불분명한 생은 때로 길들여지지 않은 늑대를 동경하지만 대부분은 개처럼 산다.

개는 인간의 생존과 관련 있다. 몽골의 초원에는 다섯 마리 개에 관한 전설이 전해온다. 혹독한 겨울, 개의 체온은 자주 인간을 살렸다. 그래서 유목민은 개를 먹지 않는다. 개의 단백질 구성은 인간과 흡사해 탄수화물만으론 부족한 영양을 가장 빨리 회복시킨다. 그래서 농경민은 개를 먹는다.

개를 길들인 일은 바퀴나 문자만큼이나 문명을 확장시킨 위대한 일이었다. 바퀴는 다리의, 문자는 손의 연장선이며 그 자체로 더 이상의 발명품이 필요 없는 종결자다. 개는 마음의 연장선에 있다. 최초로 개를 길들이겠다고 마음먹은 바로 '그' 혹은 '그녀'로 인해 인간은 자연과 동행하게 되었다. '그' 혹은 '그녀'의 유전자가 전해진 이들은 개를 보고 반가워한다. 그들이 있어서 문명의 마음은 스스로를 연민으로 조절하게 되었다.

편견을 배우지 못한 우리 집 막둥이는 개를 인간처럼 여긴다. 개랑 싸우기도 한다. 수학은 잘 못하는데 개똥은 잘 치운다. 늘 밀냄새가 난다. 이상한 걸 알게 되었다. 살면서 자주 개만큼만 하기도 쉽지 않다. 늘 반갑게 사는 일, 꼬리 흔들기도 쉽지 않다.

© NIPPON ANIMATION CO.,LTD.

개에 대한 사랑은 〈프란다스의 개〉에게서 배웠다. 〈프란다스의 개〉는 1871년 발표된 마리 루이사 드 라 라메의 원작 소설을 1975년 일본 애니메이션과 후지TV에서 총 52편의 텔레비전 시리즈로 제작한 애니메이션 영화다.

한반도 모양자

자에 맞춰 한반도를 그린 후에는 산맥을 그렸다. 태백산맥, 소백산맥, 차령산맥을 달달달 외웠다. 개마고원 쪽 구멍은 제주도용이다. 늘 위치 잡기가 어려웠지만 제주도를 그리는가 안 그리는가는 매우 중요했다. 소년은 은연중에 한반도 전체를 모국으로 여기고 말았다.

(지도 자는 지금 사용하지 않는다. 제작자인 아저씨는 국가보안법으로 구속 중이다. 어느 날 검은 안경을 쓴 자들이 동네 문방구를 돌며 자를 수거해 갔다. 몇 개의 자들이 살아남아 은밀하게 거래되고 있다. 픽션임.)

시장에서는 한반도가 항아리에 담겼다. 시장에서는 한반도가 항아리에 담겨 진열되었다. 시장에서는 한반도가 진열되어 팔리길 기다리고 있다. 갖은 이념의 색으로 내놓았지만 인기가 있진 않은 모양이다. 신자유주의가 옛 풍물시장까지 오지는 못한 모양이다.

국민들은 다시 북한의 지하자원 분포도를 아침 신문에서 만난다. (팔아먹고 싶을 거다.) 소년들은 교과서에 담긴 지하자원의 국제 시세를 외워야 할지 모른다. (소년들아 야망을 가져라. 대박을 꿈꾸다 쪽박 찬다.) 아저씨가 석방된다는 소문은 들리지 않는다. 자나 사둬야겠다.

화
토
花
鬪

취기가 도는 친구의 전화가 많아졌다. 자꾸 옛 기억을 되살리려 한다. 아니 애쓰고 있는 걸 거다. 맞아, 그래, 그랬었지, 진짜, 어머니, 누이 같은 단어가 오가다가 씨발, 의리 같은 단어도 뒤섞인다. 무엇을 찾으려는 거니? 12월 비에서 정월 송학을 어느새 삼십 번 넘게 지났다. 우리들의 조악한 판돈도 돌고 돌아 이젠 누구의 주머니에 있는지 관심도 없지 않니?

어른 흉내는 아니었던 것 같다. 소년들은 화토를 가지고 겨울밤을 보냈다. 주변에서 벌어진 얘기를 떠들어대면서. 주로 싸움 얘기(만춘인 중3 때 이미 칼에 찔려 지방신문의 영웅이 되었다), 노골적인 도둑질(하룻밤에 공중전화 10통을 턴 녀석도 있었다), 연애(대학생과 만나는 조숙한 놈들) 같은, 기껏해야 화토판에서 싹쓸이 한 번으로 영웅이 되는 소도시의 밤은 그랬다. 무용담은 어디에선가 만들어지고 있었지만 산그늘은 너무 무거웠다. 광주는 풍문으로 지나갔고 소년

2부 삶은 자주 단순하다

들은 유신과 군사독재를 찬양했다. "나 안 해!", "나 안 해!". 동전이 떨어지거나 이야기에 끼지 못하거나 아직 여물지 못한 소년들은 그렇게 소리쳤다.

맞다. 마주보아야 했다. 둘러앉아야 했다. 화면을 향해 한 방향으로, 투쟁을 위해 한 방향으로, 수업을 들으며 한 방향으로, 한 방향으로… 그래서 화토를 치며 싸웠던 용대리의 기억을 되살려냈던 거니? 우린 서로의 얼굴을 보지 못하고 타도해야 할 얼굴만 보아왔던 거니? 화토를 치면서 그 귀중한 시간을 지났지만 하룻밤에도 숱하게 변화하던 서로의 얼굴을 소년들은 보았었구나. 친구야.

'화투(花鬪)'라 쓰지만 우린 '화토'라 불렀다. 기원은 정확하지 않다. 포르투갈 사람들의 '카르타 놀이 딱지'가 상인들에 의해 일본으로 갔고 일본 사람들이 하나후타란 도박을 벌였는데 이게 식민지시대 때 우리에게 온 것이라 짐작할 뿐이다. 열두 달의 화초가 그려져 있어 화투라 이름 붙였을 것이다. 난 이상하게 홍단에 집착했고 4월 흑싸리 위로 날아가는 새가 좋았다. 이유는 모르겠다. 비 쌍피는 왜 쓸쓸해 보였는지 그것도 잘 모르겠다.

파
카
45

(스승은 인생의 길에 등불을 밝혀준다.) 시인은 자기 삶에 당당했다. 작은 몸 어디에서 삶에 대한 확신 같은 것이 솟아 있었다. 갓 입학한 고등학교 한문 시간에 시인을 보았다. 그분에게 매료되어 백일장에 나가게 되었고 또래들 보다 늦게 문예부에 합류하게 되었다.

문예부에 들기 전까지 내가 읽은 제대로 된 문학은 단 한 권, 《난장이가 쏘아올린 작은 공》(외설서적인줄 알고 이불 속에서 읽었다)이었다. 문예부에 들어서야 카프카니 사르트르니 하는 이름을 들었다. 문학의 세례는 그렇게 느닷없이 왔다.

(글씨는 때로 그 자체로 시가 된다.) 그러나 정작 나를 문학에 빠져들게 한 건 글씨였다. 최돈선 선생님, 최준 형, 이미 졸업한 권혁소 형의 글씨였다. 밤새 그 글씨들을 흉내 내 시를 썼다. 글씨가 문장을 배열했고 단어들을 비로소 살아 있는 언어로 만들었다. 심지어 향

기를 풍기기까지 했다. 시를 위한 글씨가 아니라 글씨를 위한 시처럼 생각되었다. 모나미볼펜이나 연필로는 잘 안되었다. 만년필이 갖고 싶어 끙끙 앓았다.

국민학교 5학년 때 글씨를 못 쓴다고 아버지에게 호되게 혼났다. 아버지는 그게 미안하셨던지 다음 날 나를 데리고 서예학원에 갔다. 연탄난로 하나가 놓인 작은 학원에서 그로부터 3년간 붓글씨를 썼다. 화선지 위에 정형화된 글씨를 썼다. 그러나 스승과 형들의 글씨는 나를 해방시켜주는 듯했다.

조양동 3통 통장이던 아버지는 한 달에 삼천 원 정도의 활동비를 받는데 그걸 모아 사주신 게 '파카45'였다. 한 만 원쯤 했던 거 같다. 당시로선 거금이었고 내가 가진 최초의 명품이었다. 잉크를 채우는 동안 언어들이 줄지어 만년필 안으로 빨려 들어갔다.

때로는 의외의 것이 소년을 해방시킨다. 스승의 글씨를 그럴싸하게 흉내 낼수록 제도교육은 소년을 붙잡지 못했다. 고등학교 3학년이 되어서 내 글씨도 자유에 가까워졌고 급기야 지방지 신춘문예로 시인이 되었다. 한 명의 시인으로 취급해주신 스승은 시상식 날 나를 방석집에 데려갔고 젓가락을 두드리셨다.

자기 삶의 확신은 고독의 시간과 비례한다. 문학의 시간은 (그것을 쓰던 읽던 간에) 스스로를 유배하는 시간이고 그 시간의 양만큼 삶은 단단해진다. 바람이 불면 파카45에 다시 잉크를 채워봐야겠다. 억압이 되풀이되니 중년의 삶은 고단하다.

파카45는 권총 '콜드45'의 이름에 착안해 붙여진 이름이다. 1939년 처음 발매되었다. 만년필로 《혼불》을 쓴 작가 최명희는 이렇게 말했다. "먼 길을 떠나는 말에게 물을 먹이듯 일을 시작하려고 만년필에 잉크를 넣을 때, 그 원기둥 혈관에 차오르는 해갈의 신선함은 언제나 나를 설레게 한다."

경월소주

대부분의 소주는 가슴이 마셨던 것 같다. 가슴이 마신 소주는 웃음이 되었다. 간혹 머리가 마신 경우가 있는데 머리가 마신 소주는 분노가 되거나 악담이 되었다. 눈물을 감추는 데에도 맑은 소주가 그만이었다. 언제가 될지, 가슴이 소주를 한잔 꺾지 못할 그날은 죽음의 영토에 한쪽 발을 슬쩍 들여놓은 날일 터였다.

어른도 아니고 그렇다고 아이도 아닌 녀석들은 새우깡이 전부인 애매한 인생이었다. 양구며 인제, 홍천에서 온 녀석들은 이미 경월소주에 입맛이 길들여져 있었다. 적막한 산중 하릴없는 뒷방이나 방과 후 갈 곳 없는 소년들의 자취방이나 거기서 거기였다. 4홉들이 경월소주는 어른으로 건너가는 문턱이었다. 문턱을 넘으니 소주가 세상을 보여주기도 했다.

주섭이는 인제 가리산특공대에서 충정부대로 차출되었다. '1987년

6월' 민주화 항쟁을 지난 그해 겨울, 춘천 명동 뒷골목 닭갈비집에서 휴가 나온 그가 내게 "빨갱이 같은 놈"이라 소리쳤다. 내가 시위대에 섞여 있을 때 주섬인 진압부대에 있었던 거다. 거기에도 경월소주가 놓여 있었다. 가슴이 소주를 들이키자 우리는 자주 잊고 웃었다. 소주는 늘 가슴과 가슴 사이에 강물처럼 흘렀다.

경월소주는 1926년 6월 강원도 강릉에 강릉합동주조가 설립되면서 처음 나왔다. 강원도의 사춘기 소년들은 경월소주 4홉들이로 술을 배웠다. 1993년 두산에서 인수, 그린소주가 나오면서 경월소주는 명을 다했다. 이후 산소주가 나왔고 지금은 '처음처럼'이 경월소주의 명맥을 이어가고 있다. '처음처럼'이 강원도 소주라는 인식은 거의 사라졌다.

비둘기호

이렇게 눈이 내리는 날, 기차는 따뜻했다. 기름 냄새에 지쳐 멀미를 하면서도 기차가 데려다줄 그 세계를 동경했다. 기차는 간이역에 서서 후회와 걱정을 안겼다가는 다시 용기의 세계로 출발했다.

중3 겨울, 춘천역에서 청량리행 상행선 비둘기호 첫차를 탔다. 눈이 내렸고 어둠 속에서 조용히 움직인, 소년의 첫 홀로서기가 시작되었다. 둔촌동, 주소만 적힌 쪽지는 소년의 짝사랑으로 꼭꼭 접혀 있었다. 기차는 결코 뒤로 가지 않았다.

미대 졸업반에 교생으로 오신 선생님은 밝았다. 풋풋했고 아름다웠다. 몇 채 뿐인 둔촌동 아파트에서 선생님은 반팔 옷을 입고 계셨다. 소년은 한겨울에 반팔 옷을 입고 있는 걸 처음 봤다. 새벽 비둘기호의 한기가 아직 그 충격적인 기억을 꽁꽁 얼려놓고 있다.

2부 삶은 자주 단순하다

비둘기호는 믿음으로 움직였다. 국가에 대한 서민들의 믿음, 역에 걸린 시간표에 대한 믿음, 낯선 간이역에서 열차를 기다리는 누이들과 누이들의 꿈에 대한 믿음, 분명한 이동과 익숙한 곳으로의 귀환에 대한 믿음.

디젤유에는 애환도 섞였는데 가출과 가난한 상경과 귀향의 실현 가능성, 낭만과 교제를 포기한 통학생들의 고독, 서민의 냄새와 소란함을 함께 실어 나르던 기찻길 같은.

비둘기호는 불확실한 현실 속에서 유일하게 선명했던, 가난한 자들의 이정표였다.

1967년 8월, 경부특급의 증기기관차에 처음으로 '비둘기호'라는 이름이 붙여졌다. 이후 모든 역에 서는 느린 보통 열차, 즉 완행열차를 비둘기호라 불렀다. 1984년 열차 이름이 개정되어 정식 명칭이 되었고 1997년부터 내구 연한이 다 되어-어쩌면 너무 싼 요금 때문에-노선이 축소되기 시작했다. 2000년 11월 14일, 증산~구절리 구간의 정선선을 마지막으로 사라졌다. 비둘기호는 니가타 디젤동차나 가와사키 디젤동차를 사용했으며 객차는 주로 108인승으로 고정식 직각 등받이가 설치되어 있었고 구식 화장실 설비로 오물이 철길로 직접 떨어지는 비산식 구조였다. 단거리 통근용 지하철과 비슷한 롱시트 구조의 객차도 있었다 (이상 〈두산백과〉, 〈문화콘텐츠닷컴〉).

서울우유

겨울은 소년을 키운다. 소년은 눈 쌓인 벌판에서 훌쩍 자란다. 겨우
내 나무들의 나이테가 촘촘히 쌓일 때, 소년은 나무와 나무 사이를
지나 먼 언덕을 볼만큼 자란다. 그러나 소년은 골방, 이불속에서도
자란다. 이불속 세계에는 벌판이 주지 못한 성장통이 있다. 소년만
의 나무가 야릇하지만 단단하게 커 갔다.

우리 집 살림도 조금 나아졌던 것일까. 어느 날부터 서울우유를 먹
게 되었다. 종이뚜껑을 손가락으로 눌러 따다보면 늘 우유가 튀었
다. 그걸 바지에 쓱쓱 문지르고 마신 우유는 몸만 키운 건 아닌 듯
하다. 가끔 카페라떼를 주문할 때면 소년의 비릿한 냄새가 남아 있
는 듯하다.

소년은 나이테처럼 단단한 자긍심을 가져야 한다. 민주주의가 키운
소년들은 자연스럽게 자긍심을 갖지만 독재가 키운 소년들은 자긍

심을 찾아 저항한다. 국민을 향한 권력의 배반행위는 대를 거쳐 응징 당하게 마련이다. 소년은 자란다. 유년의 기억을 나이테처럼 남긴 채, 겨울을 지나며 자란다.

1960년대에는 '서울우유'란 글씨가 병에 볼록 솟은 형태였고, 1970년대에는 붉은 색으로 실크스크린 되어 나왔다. 1977년에는 종이뚜껑에서 형광발암물질이 발견되어 여러 사람이 구속되기도 했다. 1980년대에는 우유병에 그려진 농협마크가 축협마크로 바뀌었는데, 1962년 이래 농업협동조합 소속이던 서울우유가 1981년 축산업협동조합 소속이 되었기 때문이다. 1982년 우유병은 종이팩으로 대체되었다.

신문지 한 장

그러니까 남산 안기부 지하실에서 확인한 건 내가 피라미였다는 것
(원래 알고 있었지만), 고혈압이 있다는 것, 활자중독이 있다는 것,
불효자라는 것.

21일을 보다 보니까 수사관들한테도 정이 들겠더라마는 그건 순전
히 '이 사람들하고 나는 친하다'라는 자기 최면을 걸지 않으면 진짜
죽일(죽을) 거 같아서 그랬던 것이었다.

군복으로 갈아입히고 "해방 전후사의 인식?", "네", "민중과 지식
인?", "네", "주체사상에 대하여?", "아니요", 그러고는 패기 시작하
는데, 블랙홀은 우주 어딘가에 있던 것이었다. 시간은 멈출 수도 혹
은 감지하지 못할 수도 있다. 아프다, 어떻게 이 순간을 벗어나지?
내가 누구지? "잠깐만요. 책은 아니고 (기껏 생각해낸 것이) 팸플릿
으로요". 매질은 잠시 멈추었던 것이었다. 나는 읽어야만 했던 것

이었다. 내용을 몰라 계속 맞아야 했던 것이었다. (정작《주체사상에
대하여》를 읽은 건 훗날 대학원에서 북한문학을 전공할 때였다.)

입이 타들어 간 48시간이 지나고(이틀 뒤 마신 물 한 모금은 정말 꿀
맛이었다. 지하실에서, 아! 꿀맛이라니!) 수사관 하나가 들어오더니
내가 앉은 의자를 걷어찼다. "넌 피라미야!" 좀 떨떨해보였던 것 같
기도 했다. 뭔 대답을 하랴. "여기 들어와서 난 지금까지 거물을 수
사해본 적이 없어!" 웃어야 하는 건가? (이 사람 출소하고 연세대 교
정에서 만났다. 어떤 여자랑 같이 있었는데 내가 다정하게 인사했더니,
모르는 척 금세 어디로 사라져버렸다. 겁먹기는 참으로… 피라미한테.)

의사가(참 착하게 생겼었다는 기억이 불현듯) 들어와 검진을 했던 거
같은데, 얼굴이 검은 수사팀장이(팀장이라 부르는지는 잘 모르겠다.)
"이 새끼 어린놈이 왜 이렇게 혈압이 높아!" 그러더니 그날부터 약
을 먹였다. 박종철 생각을 할 여유는 없었을 텐데, 생각을 했던 것
같다. 아마도 "억" 하고 죽을까 봐 먹였겠지. 억지로 '고맙다'고 생
각해보려 했던 것 같기도 하다. 거듭 말하지만 그렇게라도 자기 최
면이 없었다면 가슴이 터져버릴 것이었다. 고혈압은 가족력이었던
것이었다.

맞고, 쓰고, 또 맞고, 내 친구 강 뭐 시인은 사노맹 사건으로 들어와
서(암튼 나와의 관계가 기록에 남은 모양인데) 조서를 쓰다 말고 느닷
없이 바지를 내리고 수사관들에게 오줌을 갈겼다고 한다. 그 얘길
해준다. '와 독한 놈' 이렇게 생각은 했던 거 같다. 그렇지만 그처럼

오줌을 갈기진 못했다. 그 얘길 왜 해줬을까 궁금해졌던 것이었다.
녀석을 존경했던 것이었다.

안절부절, 불안초조, 언제 또 팰라나, 외롭다. (같은 편이 없는 것만
큼 외로운 건 없다. 그걸 견디고 자기를 지켜낸 사람들은 위대하다.) 그
러다가 신문지 한 장을 흘낏 훔쳐보다 말고 갑자기 마음이 편해지
는 걸 느꼈다. 배달되어 온 장충동 왕족발을 덮은 신문이었다. 빙그
레 이글스를 이기고 해태 타이거즈가 한국시리즈 우승을 했다는 내
용이었다. 지하실에서 열 하루정도 지났을 것이었다. 내용이 무엇
이든 간에 활자는 나를 안정시켰다. 자꾸 보니까 치워버렸다. 족발
과 소주는 눈에 들어오지도 않았던 것이었다. (화장실에서 읽을 게
없으면 샴푸에 쓰인 활자를 거듭 읽는다. 중독 맞다.)

지갑에 아버지 편지를 넣고 다녔었다. "죽어서의 눈물보다는 살아
서의 기쁨을 다오.", "불효자 새끼!"라며 무지하게 맞았다. 유독 더
아팠던 것이었다. (이제 지갑에 그런 거 안 넣고 다닌다.) 아버지가 죽
어서 나를 때렸다고, 그렇게 생각하기로 했던 것이었다.

난 혼자고 남산 안기부 지하실에 본 그들은 모두 열두어 명쯤 되었
다. 어떤, 높아 보이는, 총을 꺼내 보였던, 죽여버리라고 말했던, 고
약한 그 사람. 집요하게 반성문을 요구하며 앞선, 존경하는 선배들
이 썼다는 반성문을 보여주기도 했다. 난 혼자고 자기들은 열두어
명이나 되었다. 돌아가고 싶지 않은 시간이다. 끝내 반성문을 쓰지
않았다. 팼다. 뭘 반성하지? 잡혀온 걸? 피라민데 무슨 반성문까

지. 날조된 반성문을 믿지 않았던 것이었다.

낯선 이들 때문에 수줍어서 그런 건 아니었다. 덩치에 어울리지 않게 수줍음을 많이 타긴 했던 것이었다. 조금이라도 덜 맞고 싶었던 것이었다. 나만 혼자라는 것 때문에 친구들이 원망스러웠던 것이었다. 다행히 세상이 미워지기 전에 21일이 지났던 것이었다. ("두 달을 견딘다는 건 기적에 가깝다." 영화 〈변호인〉)

그러니까 까마득히 잊고 있었다. 잊고 싶었다. 잊지 못하지만 스스로 지워버렸다. 억지로, 잊었다고 생각하고 있었다. 심지어 노무현 대통령 시절 어느 때는 같은 편이라고 여기었던 것이었다. 이것이 이즈음에 되살아난 것이었다.

라
라

신념을 온전히 유지하며 사는 일은 어렵다. 세월에 초연해지면서 한때 열정을 쏟아부었던 꿈을 간직한다는 것, 그 꿈을 기어이 이뤄내기 위해 나이와 무관하게 먼 앞날을 또 내다볼 수 있다는 것. 유혹을 가벼이 물리치기란 더 어렵다. 아이 셋을 키우다보니 늘 부족한 게 많은데, 불편함과 부족함을 견뎌내는 사람들이 참으로 커 보인다.

이쯤 되면 태어난 년도로 선배니 후배니 하는 게 좀 웃긴다. 사회에서 부여한 질서대로 형이니 아우니 하는 것도 부질없다. 그저 기억의 끈에 끌려가거나 입에 익숙한 호칭 이상은 아닌 것 같다. 나를 깨워주는 사람이 있다면 그가 선배고 흔들리는 나를 잡아주는 이가 있다면 그가 형이다. 함께 꿈꾸고 삶의 궤적을 기억해주고 때로 위로가 된다면 그는 친구다.

89년에 처음 만났으니 이제 25년 쯤 서로를 보아온 후배가 있다. 그사이 심정적 거리로 1미터 이내에 있었던 거 같은데, 경찰서에서 두 번이나 빼준 그에게 어느 날 여의도 포장마차에서 주먹을 날린 일도 있었으니(미안하다)…. 그리 순탄하지 않은 시절이 물론 있었다. 그건 유약해진 나를 감추려 했거나 슬픔으로 포장했던 것이었으니 그의 탓은 아니었다. 늘 나를 시작점으로 돌려놓은 이도 그인데 얼마 전부터 친구 같다는 생각이 들었다.

이 신념의 사내 별명은 '라라'다. 화장실을 자주 가서 그렇다는 설, 화장지를 많이 써서 그렇다는 설이 떠돌지만, 정설은 라라 화장지 광고의 소년을 닮았다는 것이다. 내가 참 자유분방한줄 알았는데 어느 날 보면 이 친구 라라가 설계한 길로 걷고 있다는 생각이 든다. 뭐 그러면 어쩌겠는가, 나는 나의 흔들리는 삶을 기억해주는 그가 참 좋다. 역시 급할 땐 라라다.

라라화장지는 1986년 대한펄프에서 판매하기 시작했다. 이후 1989년 9월 청주 공장에 1백억 원을 투자, 전자동설비를 갖춘 최신식 시설을 증설하고 신제품 '라라루키'를 생산했다. 물결 엠보싱화장지인 라라루키는 주 수요자로 여성층을 겨냥하고 제품 이름을 맞추는 현상퀴즈를 진행했는데 상품으로 모피의류 3벌 등을 걸었다. 응모엽서는 산더미처럼 쌓였고 '라라루키'는 새로운 화장지로 이름을 알렸다.

롬멜전차

우리 집 막둥이 이름은 유림이다. 느릅나무 유楡자에 아름다울 림琳
자를 쓴다. 이름에다 나무를 다섯 그루 심어줬다. 내 딴에는 사주를
보고 목기木氣가 부족하다 싶어 부지런히 나무를 심었다. 그런데 이
느릅나무가 200년을 자라는 걸 미처 몰랐다. 유림이는 나무처럼 키
는 큰데 마음은 아주 늦게, 천천히 자라고 있다.

이제 곧 유림이는 5학년이 된다. 4학년 생활통지표의 평가는 거의
'노력요함'이다. 도덕, '음식물 쓰레기 줄이기를 알고 실천하기'에서
만 '잘함'을 받았다. 공부는 한참 뒤쳐져도 노는 덴 열심이다. 수준
에 맞는 모양인지 주로 1~2학년 애들하고 잘 논다. 동네 사람들은
누군지 다 안다. 누구 집 아빠, 누구 집 동생…. 어느 땐 경이롭다.
어른이나 애들이나 같은 수준으로 보는 것 같기도 하다. 다 친구로
여긴다. 느리지만 자라서 큰 그늘을 드리우게 될까.

어릴 때 내 별명은 '거북이'였다. 얼마나 더디고 답답했으면 어린 꼬마들이 그런 별명으로 불렀을까 싶다. 얼굴에 오선지를 그린 일도 몇 번 있었다. (암팡진 계집애들, 그래도 보고 싶다.) 2학년 땐 (정말 비밀인데) 구구단 7단을 못 외워서 나머지 공부를 했다. 변명 같지만, 못 외워서 그런 게 아니고 수줍음을 타서 틀린 거다. 그러던 내가 5학년이 되어서 쟁쟁한 똑똑쟁이들을 제치고 1등을 했다.

한 달을 넘게 학교가 끝나면 문방구 앞을 서성였다. 한없이 쳐다보고 가격까지 읽어보고 어머니가 장을 보러 가실 때면 은근히 문방구 쪽으로 발길을 유도했다. (목적이 생기면 잔머리도 같이 생기는가 보다.) 결국 어머닌 1등을 조건으로 조립식 탱크를 사주기로 하셨다.

드디어 합동과학이 만든 '롬멜 독일육군 습격포전차'가 내 손에 들어왔다. 1976년 당시 가격 3,500원이었다. 새벽에 몰래 일어나 부품을 자르다 말고 손을 베고 말았다. 평소대로 이빨로 깨물었으면 별일 없었건만 무슨 숭고한 물건이나 되는 양 칼질을 하다가 벌어진 일이었다. 아무튼 그 새벽에 아버지는 나를 데리고 응급실까지 가셨다.

그 시절은 조립식의 황금기였다. 문방구마다 조립식 박스들이 천정까지 수북이 쌓여 있었다. 그 박스들은 소년들을 우주와 미지의 세계로 데려가는 블랙홀이었다. 노란색 플라스틱 본드 하나면 눈앞에서 경이로운 세계가 완성되었다. 소년들이 얼마든지 인생을 걸 수 있을 만큼 매혹적이었다.

나무는 하늘을 향해 자란다. 유림인 나무를 닮아서 발이 크고 나무처럼 하늘을 보며 자라서 급한 게 없는 모양이다. 나무의 언어에 익숙하다보니 인간의 언어를 배우기엔 힘들 수밖에. 5학년이 되면 아빠처럼 갖고 싶은 게 생길까. 그러지 않아도 좋다. 인생은 더뎌도 한 곳으로 가니까.

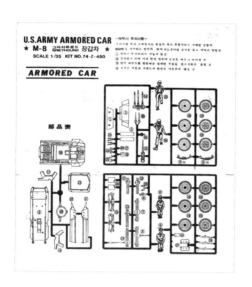

- '조립식'이라는 용어는 아카데미과학에서 붙였다. 보통은 프라모델이라 부른다. 프라모델은 플라스틱 모델의 일본식 조어다. 최초의 프라모델은 50년대 영국에서 만들어진 비행기 모형이었다. 60~70년대를 거치며 일본의 타미야, 하세가와 등의 세계적인 회사들이 등장하면서 프라모델 하면 일본이라는 인식이 생겼다. 프라모델은 복잡한 모형을 그대로 만들 수 없는 금형의 한계로 조립식이 되었다.

- · '롬멜전차'는 일본 타미야의 제품을 카피한 것으로 타미야에서 임의로 붙인 이름이다. 원래는 '사냥꾼 판터'다. 판터전차용 차체를 이용했기 때문이다. 이 제품은 유선 리모콘이 달려서 전후로 이동했고 스프링이 달린 포신으로 포를 발사할 수도 있었다.

스피드 스케이트

스케이트가 갖고 싶어서 체육사 앞을 서성였다. 1975년이었다. 겨울, 춘천은 눈꽃이 피었고 공지천에는 스케이트를 타는 사람들로 가득했다. 줄을 지어 날을 갈고 나면 햇빛 반짝이는 얼음 위로 스케이트 날이 저항을 비웃으며 미끄러져 나갔다. 누나가 빙상선수로 힘든 훈련을 한 탓이리라. 아버지는 끝내 스케이트를 사주지 않았다. 빵뚱모자를 눌러쓰고 나는 링크 옆에서 앉은뱅이 썰매를 탔다. 끝내 스피드는 내게 오지 않았다.

그해 누나는 나가는 대회마다 은메달에 머물렀다. 한 해 선배인 이남순이라는 걸출한 선수가 있었다. 아쉬운 패배였던 것 같다. 번번이 누나는 울었다. 나도 덩달

아 울었다. 눈물이 얼어서 눈꽃이 되었다. 남순 누나는 유봉여고에 입학하자 여고생 국가대표가 됐을 정도로 실력이 대단했다. 누나는 빙상선수를 그만두었다. 그래도 공지천에서 누나가 스케이트를 신으면 겨울바람도 걸음을 멈추고 구경했다. 나는 절절매며 쫓아갔지만 스피드는 내 몸에 붙지 않았다. 내게 겨울은 내내 느렸다.

인간성은 겨울 속에서 자랐다,라고 나는 여긴다. 빙하기가 지나자 이타심이라는 돌연변이 유전자 하나가 선사시대 어느 어머니의 자궁에서 싹텄으리라. 씩씩했던 누나는 겨울마다 울었지만 울면서도 내가 따라 울면 눈물을 닦아주고 안아주고. 느림보 동생은 멀리 앞서 가진 못했지만 빙판 위에서 애련愛戀으로 따스함을 배운 것 같다. 짐승의 뼈를 스케이트 삼아 최초로 내달린 빙하기의 속도 또한 사랑의 밤 때문에 시작되었으리라. 스케이트를 보면 남매의 유년이 그립다.

태릉국제스케이트장은 1971년 2월 개장했다. 그 이전까지 스케이트 경기는 모두 춘천 공지천에서 열렸다. 겨울이 되면 공지천은 꽁꽁 얼었고 각종 대회와 함께 시민들도 스케이트를 즐겼다. 그래서 이곳 출신 빙상 국가대표가 즐비하다. 전선옥, 권복희, 유부원, 이남순 등과 현역의 백은비까지. 그러나 공지천 스케이트장도 소양댐이 건설되면서 사라졌다. 댐은 일 년 내내 일정한 수온의 물을 내보냈다. 여름엔 시원했지만 겨울엔 얼음이 얼지 않았다.

양
미
리

중앙시장 생선가게집 아들, 일명 꽁치에게는 비린내가 났다. 처음
엔 약간 야릿했다가도 나중엔 결코 싫지 않은 그런 냄새였다(사랑
하는 이의 냄새가 그럴까 싶은데). 녀석은 늘 웃었다. 지금 생각해보
니 바다내음을 맡으며 자란 탓이려니 한다. 공부가 그에게 무슨 중
요한 일이었나 싶기도 하다. 생명과 음식과 죽음의 향찬이 곁에 있
었지 않았겠나. 절집에서만 돈오頓悟하지 않는다. 생선가게의 아이
는 동태 눈깔을 바라보면서도 돈오한다.

꽁치는 겨울이 발목 밑으로 슬쩍 다가오면 도시락 대신 양미리를
가져왔다. 중학교 교실에서 까까머리 소년들은 난로에 양미리를 굽
고 성찬을 벌렸다. 입 주위가 온통 검은 비늘로 덮이면 입을 닦은
교복소매까지 파도가 쳤다. 교실에 비린내가 가득해 담임선생님은
매를 들고 꽁치를 불렀다. 매를 맞으면서도 양미리처럼 동그랗게
눈을 뜨고 비실비실 웃던 꽁치가 잊히지 않는다.

양미리가 먹고 싶다고 하자 꽁치가 중앙시장으로 나를 데려갔다. 감옥을 살고 나온, 동구 사회주의가 무너진 어느 날이었다. 마치 절망적 상황인 것처럼 내 표정이 어두웠겠지만 꽁치는 양미리 내장을 적당히 익히려고만 애썼다. 여전히 비린내를 풍기면서 소년 시절보다 더 붉고 수줍은 얼굴로 웃음을 구공탄 불길로 떨어뜨렸다. 무수한 생명이 꽁치에게 들어갔다 나온 모양이었다. 나는 정부를 욕했음이 틀림없다. 꽁치가 양미리를 들고 "동호야 잘 익었다. 먹어봐!" 했다.

양미리는 큰가시고기목 양미리과에 속하는 물고기로 까나리와 비슷한 모양이나 크기가 더 작고 연안에 무리지어 산다. 한류성 어종으로 강원도 동해안에서 늦가을부터 겨울 사이에 잡힌다(이상 《두산백과》). 예전엔 삽으로 퍼서 준다 할 정도로 흔한 물고기였고 배고픔을 달래주었다.

라디오키트

공학도인 큰딸로부터 밤늦게 온
카톡, "우리 학교도 대자보가 잔뜩
붙고 있다. 난 뭘 할 수 있을까? 공
부가 안 된다. 지금 주변 친구들이 동
요하고 있어." 나는 고민 끝에 이렇게 답

장을 보냈다. "시대의 아픔을 공유하면서, 그래도 공부는 해야지.
지금 이 밤에 할 수 있는 건 없으니"라고. "너도 대자보 써"라고 하
진 못했다.

베트남의 호치민은 전쟁이라는 다급한 상황 속에서 수천 명을 유학
보냈다. 십대 후반에서 스무 살까지의 청년들 앞에서 그가 했던 말.
"조국은 우리가 통일시켜 놓을 테니 훗날 폐허된 조국을 너희들이
재건하라." 현재 베트남의 중추세력은 그 시절의 유학생들이다. 나
는 큰딸에게 이렇게 카톡을 보냈어야 했을까. "아빠가 싸워서 민주

주의를 회복시켜 놓을 테니 너는 민주주의 한국에서 과학을 발전시켜라."

나는 평소 "디테일을 알면 미워할 수 없다"는 생각을 갖고 있는데 대표적인 사람이 새누리당 하태경 의원이다. 그는 서울대 물리학과를 다니면서 학생운동을 했고 두 차례 구속되었다. 주로 통일사업 쪽에서 활동했다. 학생운동시절엔 자기주장이 강했다. 90년대 말쯤 중국 장춘공항에서 우연히 만났는데 길림대에서 경제학공부를 하고 있었다. 귀국해서는 외대 동시통역대학원에서 공부하여 영어, 중국어 동시통역 자격을 얻었다. 그 뒤 '열린북한방송'을 만들고 활동하더니 국회의원이 되었다. 그러나 그가 열린북한방송을 만드는 과정에 미 의회를 설득했다는 사실은 잘 알려져 있지 않다. 그것이 어떤 내용이었든 간에 미 의회를 상대로 설득을 시도하고 설득할 수 있는 인물이 우리나라에 몇이나 될까. 물론 그와 나는 남북교류와 관련한 활동이라는 공통점을 갖고 있지만 방식에는 차이가 크다. 아무튼 늘 안타깝고 아깝단 생각이 떠나지 않았다. 서울대 물리학과 학생이 학생운동을 해야 했던 시대적 불운, 전향과 배신이라는 단어 사이에서 새누리당이어야 하는 일도양단一刀兩斷, 지독한 편향과 근시안을 가진 사람들, 과학을 떠난 정치 등등. 그러나 나는 그에게서 북한에 대한 애정과 진정 분단체제를 극복해보겠다는, 비정치적 열정을 보았음을 고백하지 않을 수 없다. (과거의 친구들에게 등을 돌려야 했던 이유는 과연 무엇이었을까. 내게도 잘못이 있진 않았을까.)

1979년 대통령이 살해당한 그해 겨울, 나는 춘천과학관에서 라디오를 처음 만들어봤다. 트랜지스터, 저항 같은 조그만 부속품을 경외하면서 어설픈 납땜으로 과학자의 꿈을 조립했다. 완성된 라디오에서 흘러나온 소리는 소년에게 보내는 박수 같았다. 과학의 세계로 발을 들여놓은 걸 환영하는 것 같았다. 그러나 소년의 꿈은 유폐되었다. 과학자가 되지 못하고 시대에 휘말려버렸다. 우리들의 꿈도 라디오 키트처럼 아직 조립을 기다리고 있다. 아직 위대한 소리를 듣지 못하고 있다. 부속품으로 놓인 채. 부속품들조차 부족한 채.

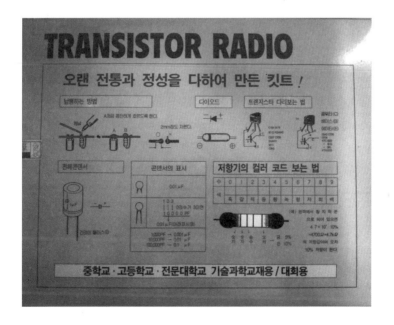

간드레 불빛

며칠 전부터 괜히 마음이 불안했다. 무언가 두고 온 것처럼 옛 시절을 찾아 헤맸다. 고향 선배 한 분이 간암으로 죽고, 오래된 오해로 그간 기별이 없었던 형의 연락을 받았다. 자신도 간암으로 5개월의 시간만이 남아 있다고 소식을 알렸다.

무엇을 두고 온 것일까. 죽음의 그늘과 지천명을 앞둔 삶의 여백 앞에서 무엇을 두고 왔다고 생각하고 있었던 것일까.

그건 불빛이었던 것 같다. 꺼져 가는 것에 대한 안타까움, 무기력, 두려움. 그것들을 걷어내줄 건 불빛 말고 없지 않은가. 그러나 그 불빛은 몇 백 루멘을 자랑하는 고성능 불빛이나 가로등 같은 건 아닌 듯했다. 무언가 흔들리면서 꺼지지 않는 불빛, 주변까지 훤히 밝히진 못하고 나의 삶처럼 그저 최소한의 성능만 발휘하는 불빛, 눈물이 담겼을 것만 같은 불빛.

돌아가신 아버지가 가느다란 불꽃 사이로 손을 내밀었다. 아버지, 놀랐잖아요. 저도 사위어 가요. 그래서 그리운 건가요.

그 불빛은 간드레에서 나오는 것이었다. 간드레통에 카바이드를 넣고 물을 부으면 쉭, 하고 바람이 빠지고 불을 붙이면 이내 파란 불꽃을 뿜어냈다. 강물 위에서 찌가 반짝였고 카바이드가 물과 만나 보글대는 소리를 들을 수 없던(아버지는 전쟁통에 한쪽 청각을 잃으셨고 그 즈음엔 다른 한쪽도 그렇게 되어 가고 있었다), 아버지의 삶도 그만큼 반짝였다.

탄부들의 막장을 밝히거나 포장마차의 늦은 밤을 지키던 간드레. 나는 아버지에게 위태했지만 유일한 희망이었던 간드레 불빛이었을까. 너무 이르게 꺼진 불빛을 찾아 헤맸던 것일까. 이제야 막장 같은 마음 어디서 희미하게 간드레 불빛이 보인다.

간드레는 광도의 단위인 칸델라의 일본식 발음으로 간데라라고도 하는 휴대용 램프. 카바이드와 물이 섞여나오는 아세틸렌가스를 연료로 사용하며 주로 전기선이 닿기 어려운 탄광의 막장에서 탄부들의 생명을 밝히는 역할을 했다. 케미컬 라이트가 나오기 전 낚시터에서 야광띠를 두른 찌를 밝히는 데도 사용했다. 카바이드는 생석회와 탄소를 전기로에 넣고 가열하여 만든다. 인체에 좋지 않은 카바이드는 요즘 일반인 판매 금지품목이 되었다.

원기소

배가 아파서 원기소를 먹었던 것인지, 원기소를 먹고 싶어 배가 아파야 했는지 지금은 잘 모르겠다. 아무튼 원기소를 먹고 싶을 때 나는 늘 배가 아프다고 했다. 진짜 아팠을 가능성도 있다. 워낙 회충이 많았던 시절이라 뱃속이 꼬물대는 기분이었다. 원기소의 고소한 맛은 '배가 아픈 것'과 연기緣起된다. 실제 아팠든 아니든 그렇다는 것이다.

반공의 일상화는 '일반적 삶'과 연기된다. 반공글짓기대회에서 가령 나는, 진심으로 이승복과 나를 동일시하기 위해 글을 썼을까, 상을 받기 위해 단순히 차용했던 것일까. 아무튼 나는 그래야만 상을 받을 수 있을 거라고 생각했을 것이고 부모님도 그랬다. 1985년 대학생이 된 소년은 그 뒤

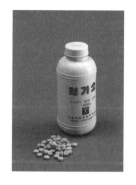

로 오랫동안 반독재 성명서를 썼다.

원기소는 1960년대 초 서울약품공업주식회사에서 출시된 어린이 영양제였다. 가난한 집에선 장남에게만 먹였다. 1980년대 서울약품의 부도로 사라졌다가 최근 경남제약에서 새로 나오기 시작했다. 주요 성분은 요즘 유행하는 효소. 원기소 뒤에 나온 비슷한 영양제로 에비오제가 있다. 전라도 쪽 친구들은 에비오제를 주로 먹은 모양, 원기소를 잘 몰랐다.

못난이 삼형제

삼三은 조화의 숫자다. 일一도 아니고 이二도 아니지만 일과 이를 포함한다. 삼은 겸양謙讓의 숫자이며 동시에 포괄包括의 숫자다. 애초에 삼은 일과 이가 더해져서 만들어진 숫자가 아니라 일과 이를 존재하게 하는 숫자다. 결코 일과 이를 버릴 수 없는, 그런 운명을 지닌 숫자다.

못난이 삼형제는 어머니 경대 위에 놓인 유일한 액세서리였다. 아니, 네 식구 단칸방의 유일한 사치품이었다. 울고 웃고 성내는 세 인형의 모습은 어머니의 고단한 삶을 순치馴致시켰을 터였다. 성나고 눈물 나는 날들은 웃는 날과 함께 있었다. 웃는 그 순간에도 분노와 울음은 존재했다. 힘이 들어도 존재했기에 울었고 웃었다.

단칸방을 벗어나 몇 번을 이사 다니는 동안, 1972년 유신헌법이 발효되고 1979년 대통령이 시해弑害되던 날까지 못난이 삼형제는 손

때를 묻혀가며 가난한 살림의 한쪽에서 우리의 인생을 보아왔다. 그러는 사이 나는 반공소년이 되었을 리 없고 그렇다고 공산주의를 알았을 리도 없다. 그저 그 사이에서 울고 웃고 성내며 컸을 것.

짐
자
전
거

자전거는 꽁무니에 아이 둘 정도는 너끈히 태우고 신작로를 달렸
다. 미루나무보다 더 크게 자랄 것만 같던 시절, 자갈을 밟아 덜컹,
엉덩이가 먼저 고단한 세월을 익히던 나날. 검정색의 짐자전거는
신작로 끝 군부대로 쌀이며 부식 등을 날랐다.

국민을 최초로 엔지니어로 만든 건 짐자전거였다. 자전거 체인을
끼우며 기름 찌꺼기를 손에 묻히고 아저씨들은 기계공학을 몸소 체
험했다. 동네 아저씨들을 모조리 하나의 이미지로 엮어주는 짐자전
거들. 쌀집 아저씨, 계란집 아저씨, 포목점집 아저씨, 어머니의 옷
짐을 나르던 남대문의 아저씨들.

아이들은 자전거의 삼각 프레임 사이로 다리를 집어넣고 짐자전거
를 탔다. 몸에 맞는 게 없는 시절이었다. 낡은 교복은 발목 위로 훌
쩍 올라왔고 새 교복은 두세 번을 접어야 했다. 새마을모자는 훈장

처럼 안방 벽에 걸렸고 멸공, 방첩이 적힌 루핑 간판은 군부대 앞
에서 늘 배가 고파 바람에 흔들렸다. 몸에 맞는 생각도 없는 시절
이었다.

삼천리자전거의 모태는 1944년 세워진 경성정공이고, 1952년 3월 전쟁 와중에
부산에서 국내 최초의 자전거인 삼천리표 자전거를 생산했다. 짐자전거의 원래
이름은 삼천리 점보다. '3000리호'로 개발된 자전거 중에 하나로 최대 적재중량
150킬로그램을 자랑하고 자전거 무게만 12킬로그램이 넘는다.

은
하
수

교련복과 가장 잘 어울리는 건 담배 '은하수'였다. 반공의 비극적 집체가 반항의 희극적 집체와 만나던 나날이었다. 가상의 학도병들은 톰 아저씨의 "당신은 조국을 위하여 무엇을 할 것인가"의 포스터 아래에서 수음을 배웠던 까까머리들이었다. 교련복에 주름을 잡고 (묘하게도) 소년들은 (반공적이지 않게) 연대의식을 익혔다.

등화관제의 긴장감 속에서 목총을 든 어린 병사들은 전선戰線의 군인이나 다름없었다. 전우를 잃고 (잃은 것 같은 기분으로) 소년들은 담배를 꼬나물었다. 안보의식이 총을 드는 건 아니지 않는가. "총알보다 담배가 필요하다"고 1차 세계대전의 포화 속에서 퍼싱 장군이 말했다. (반공교육을 강화하려면 청소년의 흡연을 허용

하라!)

교련수업이 있는 날은 4홉들이 소주를 마셨다. 조국을 위해 총을 들 수 있으면 어른이다. 양구에서 온 경수네 자취방에선 신음 소리가 들렸다. 낄낄. 은하수 빈갑을 (함부로) 구겨 던지며 대학을 간 촌놈들이 (집체적으로) 전방입소 철폐투쟁을 벌였으니 (병적인) 반공은 은하수 연기랑 함께 어디로 훨훨 날아갔던 것이다.

공중전화

R이 지금 어떻게 살고 있는지 궁금하다. 성공했다면 장사꾼으로 수완을 발휘했을 것이고 실패했다면 절도로 여러 번 교도소를 들락였을 터이다.

열다섯 시절이니 아득하긴 하다. R은 여름이면 수영복을 가져와 친구들에게 팔았다. 거의 팬티에 색을 입힌 수준이었지만 종류도 다양했다. 11월 찬바람이 불기 시작하면 장갑을 가져다 판을 벌였다. 벙어리장갑에서 가죽장갑까지 있었다. 가끔은 미군부대 휴지통을 뒤져 포르노잡지를 가져왔고 때마침 우산도 팔았다.

우리가 다니던 중학교는 소양강 다리 건너에 있었다. 시내에서 한 30분 버스를 타야 했기에 주머니엔 늘 동전이 있었다. 덕분에 쌈치기는 아주 흔한 소년들의 놀이였고 귀여운 도박이었다. 쌈치기로 돈이 털리면 걸어서 다리를 건너 집에 갔다. 아무튼지 R이 가져온 물건들의 가격은 왕복버스비 정도로 아주 저렴했다. 까까머리들의 호주머니 사정을 아는 장사꾼이었다. 나도 한 번은 장갑을 사서 끼고 바람처럼 다리를 건넜다.

열여섯 여름이 끝날 무렵 R의 본색이 드러나기 시작했는데, 학교 옆 과수원 서리를 하다가 체포되었다. 본인은 아니라고 우겼지만 상습범으로 판명되어 구속까지 되었다. 과수원 주인이 3백만 원에 합의를 봐주었던 모양, 다행히 학교로 돌아왔다. 지금 물가로 3천만 원은 될지 싶다. 그때 비로소 R이 우리에게 팔았던 물건들 모두 훔친 물건임이 밝혀졌다. 덤으로 얹어주던 참외나 복숭아도 물론 서리로 가져왔던 것. 우린 장물을 구입한 어리석은 공범들이었다.

연합고사를 치르고 난 그해 겨울, 강원일보 사회면에 R의 기사가 조그맣게 실렸다. 공중전화 동전 털이범으로 현장에서 잡혔다는. 그 뒤로는 R의 소식을 모른다. 그저 공중전화를 보면 불현듯 R이 떠오를 뿐.

우리나라 최초의 공중전화는 1926년 전화국에 설치되었다. 1994년에는 전국에
29만 대가 있었다(이상 〈두산백과〉). 골목을 돌아 허름한 슈퍼 한쪽에서 늘 만날
수 있었던 오렌지색 공중전화는 단순한 통신수단이 아니라 삶의 일부분이었다.
공중전화를 쓰려고 한때는 길게 줄을 서고, 빨리 쓰라고 싸움도 잦았다. 공중전
화 주변을 한참동안 서성거리며 망설이기를 거듭했던 전화 한 통. 그렇게 기회를
놓쳤던 사랑도 있었고 가슴 또한 텅 비기를 반복했다. 그렇지만 잘 닿을 수 없는
연락이야말로 두 사람 사이에 깊은 강을 흐르게 한다. 김영현 형의 소설 제목처
럼 "깊은 강은 멀리 흐른다".

3부

이름 부를 수 있는 것이 모두
아름다움으로 살아 빛나는 저녁
〈그리운 초원〉 중에서

그리운 초원

별들은 초원으로 내려서지 않았지
설레는 가슴 가까스로 참아내며
지평선으로 지고
자작나무에 기대어 사내들이 휘파람을 불 때
이름 부를 수 있는 것이 모두 아름다움으로 살아
빛나는 저녁
대지의 영혼을 껴안고 처녀들은 아이를 낳았지

눈보라 속에서 사랑을 알았지
차가운 대지 어디 놓인 온기 하나를 찾아
햇빛이 내려앉고
사슴의 발자국을 찾아 사내들이 젖은 걸음을 옮길 때
이름 부를 수 있는 것이 모두 아름다움으로 살아
빛나는 저녁
자작나무 숲 어디에서 대지는 사랑을 키웠지

먼 훗날 그 사랑이 대지를 찾았지
강을 건너고 산맥을 올라
대지와 더불어 숨을 쉬고
큰 어깨와 단단한 발목의 사내들이 돌아올 때
이름 부를 수 있는 것이 모두 아름다움으로 살아
빛나는 저녁
가둬두었던 열정이 스며 대지는 살아났지

가버린 친구에게 바침

뒤늦게 깨닫게 되는 것들이 있다. 돌려놓기에는 너무 멀리 왔지만 늦게라도 그 진실을 알게 되었다면 참으로 다행이다. 하기야 그리움은 그래서 생기는 법이 아니던가. 인생이 깊어지면 보고 싶은 사람이 많아지는 게 모두 그런 까닭이다.

고3 때였던가 싶다. "데미안이 공지천에 빠져 죽었다"라는 짧고 강렬한 엽서 한 통을 받았다. 춘천여고에 다니던 Y에게서였다. 습작기 소년소녀들 사이의 흔한 만남이 있었고 애틋한 감정이 없지 않았으나, 나는 우정의 결별을 표현한 것이라 여겼다. '데미안'은 성장통을 겪던 우리에게 우정의 아이콘이었기 때문이었다.

가질 수 없는 무언가를 가졌다고 여기는 방법은 그것을 잃었다고 생각하는 것이다. 우리는 우정에 목말랐고 진정한 우정이 무엇인가에 관심이 많았다. 그러나 그걸 알기에는 너무 어렸다. 우정이란 깊

숙한 삶을 필요로 하는데 삶이 깊어지기까지 더 많은 세월이 필요
했다. 그랬다, 우정에 대한 욕망은 친구를 잃었다는 생각으로 귀납
歸納되었다.

휘버스의 〈가버린 친구에게 바침〉을 부르면서 가상의 친구를 추모
했다. 죽음 앞에 통곡하고 평생 가슴에 묻어 둘 친구가 내게 있었다
고, 억지를 부렸다. 노래는 용인해 주었다. 물론 노래의 역할은 거
기에서 끝나지 않았다. 가상이었지만 친구의 죽음을 경험한 우리들
은 그 뒤, 진정한 눈물을 그리워하며 우정을 가꾸게 되었다.

봄비로 인해 인생이 헌신적으로 변하기도 한다. 신중현의 노랫말,
"나 혼자 쓸쓸히 빗방울 소리에 마음을 달래도 외로운 가슴을 달
랠 길 없네… 나를 울려주는 봄비". 진정 홀로 쓸쓸히 걸을 수 있
는 사람은 그 시대에게 기꺼이 자신을 헌신한 사람이다. 사랑의
아픔만으로는 그렇게 쓸쓸할 수 없다. 가질 수 없는 쓸쓸함, 그걸
느끼기 위해서는 진정한 것에 헌신해야 했다. (국정원은 〈봄비〉를 불
러야 한다.)

어쩌면 데미안의 죽음은 우정 너머의 사랑을 은유했는지 모르겠다.
우정은 때로 사랑과 동의어로 쓰이기도 한다. 소년과 소녀 사이에
서는 우정을 버리지 못하면 사랑이 오지 못할 수도 있는 법이었다.
머리가 희어진 오늘에서야 그걸 깨닫다.

그룹사운드 휘버스는 연세대 레크리에이션 연구 동아리로 출발해 1978년 TBC 라디오에서 주최한 제1회 TBC해변가요제에서 인기상을 수상했다. 〈그대로 그렇게〉라는 곡이었다. 당시 최우수상은 왕영은이 속한 징검다리의 〈여름〉이라는 곡이었고, 우수상은 구창모가 속한 블랙테트라의 〈구름과 나〉라는 곡이었다. 배철수가 속한 활주로도 〈세상 모르고 살았노라〉로 인기상을 받았다. 〈가버린 친구에게 바침〉은 레크리에이션 연구 동아리의 13기 회장이었던 최용석을 추모하여 만든 노래로 1979년 발표되었다.

이
한
권
의
책

변화를 원한다고 상황을 억지로 악화시킬 수는 없다. 상황은 생물 같아서 재생하기도 하고 심지어는 자진할 때도 있다. 물이 가득 찰 때까지 잘 기다리지 않으면 변화는 없다. 또, 상황은 늘 좋은 쪽으로 방향을 틀기 마련이다. 많은 사람들이 그걸 원한다.

미디어가 워낙에 발전하고 사람들이 이 미디어에 굴복하는 듯 보이니 미디어가 상황을 좌지우지하는 것 같지만 그건 상황판단의 오류에 기인한다. 상황이 미디어를 움직이게 한다. 반대로 보일 뿐이다. 조선일보는 세포분열에 충실한 단세포 생물 같다.

삶이 편안하면 비극이, 삶이 누추하면 희극이 흥한다(임헌영). 인간은 자유롭도록 저주받았지만 한편에서는 누군가 내 대신 판단해주길 원한다(사르트르). 자유는 책임을 요구한다. 책임의 무거운 짐을 벗고자 하는 이들이 자유로부터 도피한다(프롬). 그러나 그것이 평범한 사람들의 삶이다. 진정 변화를 원한다면 잠시 멈춰서 숨을 고르고.

계급모순의 스트레스는 노동자들이 만든 동아리들에서 풀린다. 동아리들은 자발적 참여를 통해 계급을 무너뜨린다, 간혹 역전시키기도 한다. 산악회에서 청계천 미싱사와 엘지패션 사장과의 차이는 산을 오르는 한 발자국만큼도 안 된다. 도시와 산을 사이에 두고 묘한 평행을 이룬다.

민족모순의 스트레스는 슈퍼마켓에서 풀린다. 작년 3월 동경에 갔을 때 하나도 사고 싶은 게 없어 놀랐다. 불과 십년 만에 우리 동네 슈퍼마켓과 하이마트는 결핍을 치료해버렸다. 십년 전 동경에서 나는 별의별 것을 다 사고 싶어서 몸살이 났었다. 경제적 발전과 민족모순은 묘한 평행을 이룬다.

평양은, 오래도록 열어 보지 않은 서랍에서 발견한, 사진 한 장 같은 도시다. 아쉬운 추억, 잃어버린 기회, 우리가 바쁘고 경쟁적이어서 할 수 없었던 것들, 토종들, 어제의 나였을 거 같은 친숙한 촌스러움, 돌아가고픈 순수, 천연조미료, 증류주 같은 것들. 반反자본주의와 민족모순은 묘한 평행을 이룬다.

상황을 일부러 악화시키지 말고 궁극에 다다를 때까지 움직이고 버텨내야 한다. 지금 곧 변화하지 않는다고 상황을 악화시키거나 악화되었다고 판단하는 것은 자가당착에 불과하다. 묘한 평형은 많은 사람이 적절히 어울려 형성된 것이며 그들 스스로 균형을 무너뜨려야겠다고 마음먹기까지 유지된다.

1997년 교보문고에서 발견한 한 권의 책. 겉표지만 남쪽 식으로 바꾼 채 버젓이 팔리고 있던 이 책은 북한 사회과학출판사에서 발간한 《조선수군사》였다.

이 책을 교보문고에 가져다놓은 출판업자는 팔릴 거라는 판단을 했을 것. 저작권을 위배하고 표지갈이에 투자할만한 매력을 느꼈을 것. 남북 간 교류 같은 건 판단의 근거에 작용하지 못했을 것. 이 책을 발견한 누군가가 남북 간 저작권 교류를 해야겠다고 결심하리라곤 절대 생각하지 않았을 것. 북한에도 돈 될 만한 것이 있다는 평범한 자의 발견. 자기의 도둑질이 다른 곳에서 변화를 불러올 것이라곤 생각 못했을 것.

이 시대의 전위前衛는 사상이나 계급에 있지 않고 지독한 일상日常에 있다. 시장에 진열된 콩나물에 있다. 부정에 있지 않고 긍정에 있다. 조직에 있지 않고 사방에 널렸다. 지금 우리는 너무나 좋지 않은 상황에 있는 것일까? 너무나 좋게 만들어 가고 있는 것은 아닐까?

《조선수군사》는 북한 사회과학출판사에서 모두 40권으로 발행한 "조선부문사 역사 시리즈"의 한 권. 이 시리즈는 조선군사제도사(고대–고려편)와 조선군사제도사(이조편), 조선토지제도발달사(근대편), 조선수군사(고대–중세편) 등 4편으로 구성되어 있다. 조선 역사를 정치, 군사, 경제, 문화 등을 각 부문별로 구체적, 체계적으로 살펴보았다. 2003년부터 신동호 시인은 남북저작권교류사업을 하고 있다.

그대 다시는 고향에

가지 못하리

침몰沈沒. 석양 같은 단어다. 장엄하면서, 일체의 미련을 버린 깨끗한 단어다. 폭풍우가 지나간 뒤 수평선에서 사라진 범선의 돛대처럼 한때 대양을 가장 멀리까지 바라보던, 그런 찬연한 슬픔이 느껴진다.

황석영을 통해 몰랐던 세계를 알았고 분노했으며, 김지하에게서는 시대의 슬픔을 보았고 시대와 나를 동일시하는 법을 익혔다. 이문열은 아련했다. 이상하게도 아련함 때문에 나는 견딜 수 없었다. 지금도 스스로 이해할 수 없는 지점이 거기다. 나를 운동권학생으로 만든 건 아련함이었다.

축적蓄積. 시간이나 역사같이 비물질인 것들도 쌓인다. 영락한 시간을 체험한 이들에게 역사는 이념적 판단을 지운다. 몰락한 것들이라고 모두 낡은 것은 아니다. 더 아련하게 쌓여 있는지 모를 일이다.

해월은 까막눈이었고 수운은 퇴계의 마지막 계보를 이은 성리학자
였다. 헤겔 혹은 마르크스주의와 무관하게 새로운 시대를 읽어냈
다. 진보는 논어와 맹자의 한 구절에도 있었고 시편과 요한계시록
에도 있었다. 지금 우리 사이를 갈등하게 하는 진보와 보수의 차이
는 서양적 가치에 경도된 작위적 현상일 수 있다.

〈취화선〉에서 김 선비가 "우리가 발붙이고 사는 이 땅의 고통스러
운 삶을 있는 그대로 그릴 수 없는가?"라 물었을 때 장승업이 한 대
답이 잊히지 않는다. "뭇 백성들이 기댈만한 것이 아무것도 없습니
다. 진경眞境이 아닌 선경仙境으로 그들에게 위안을 줄 수 있다면 그
또한 환쟁이들의 천명이 아니겠습니까? 그림은 그림일 뿐입니다.
개화당이 이 세상을 바꾸고자 하는 일과는 다릅니다."

귀향歸鄕. 공동체를 복원하고 정신적 풍요를 찾는 것, 그것은 한국
진보의 오래된 열망이었다. 동시에 한국 보수의 열망이기도 했다.
함께 고향으로 돌아가는 길에 먼지를 푸석이며 길만 흐리고 있는
건 아닌가.

《그대 다시는 고향에 가지 못하리》라는 제목의 책으론 1940년 토마스 울프의 유작 소설과 1980년 출간된 이문열의 소설이 있다. 울프의 유작은 1차 대전 직후 흥청망청 변한 고향 애슈빌의 모습을 그리고 있으며, 이문열의 소설은 물질문명과 대비되어 고향이 가졌던 정신적 가치에 대한 슬픈 영가(靈歌)를 담고 있다.

滿月

이시영의 《만월滿月》은 내가 가진 첫 시집이다.
그걸 샀는지 춘천 명동 청구서적에서 훔쳤는
지 잘 기억나지 않는다(그 당시 우리 문예부에서
는 시집 훔치는 걸 전쟁이 끝난 뒤 무용담처럼 여
겼다). 아마 사고도 훔쳤다 했을 것이다.

滿月의 끝에서 "늙은 달이 하나 떠올랐다", "아픈 몸 혼자 남아 빗소
리"도 들었다. 슬픔은 거기서 배웠다. 반공이 어느 날 슬쩍 멸공으
로 바뀌었지만 슬픔은 거기서 배웠다. 사랑은 알지도 못한 채 슬픔
만 배웠다.

《만월》은 1976년에 발표한 이시영 시인의 첫 시집이다. 이시영 시인은 사물과
풍경에 대한 섬세한 관찰력이 돋보이는 서정시와 현실에 바탕을 둔 치열하고도
근원적인 모색을 담아낸 시들을 많이 썼다.

회상

춘천여고에 좋아하던 여자애가 있었다. 말도 못해봤다.

'그대'가 없었음에도 불구하고 '그대'가 있었다고 느끼기 위해선 '그대'가 떠났다고 생각해야 했다. 먼 훗날 정신분석학에 의존하고서야 그 마음을 이해하게 되었다.

1982년 3월 산울림 8집 B면의 두 번째 곡이 〈회상〉이다. 〈내게 사랑은 너무 써〉가 담긴 음반. 고등학교 2학년이었다. 사랑을 몰랐고 문학에 흠뻑 빠져 있었고 간혹 반공적이기도 했다.

아무튼 시도 때도 없이 〈회상〉을 불렀다.

"길을 걸었지. 누군가 옆에 있다고 느꼈을 때 나는 알아버렸네. 이미 그대 떠난 후라는 걸." 아마 '그대'라 불릴만한 사람이 생긴 뒤에도 그랬을 것이다. 나에겐 결국 '그대'는 없었다.

〈청춘〉은 산울림 7집에 담긴 곡으로 1981년 8월에 나왔다.

"언젠간 가겠지. 푸르른 이 청춘"을 열일곱에 입속으로 곱씹었다. '청춘'을 잃었다고 생각했던 '청춘'. 그만큼 '청춘'이 없어서였을지 모른다. 열일곱에 우리는 벌써 교련복을 입고 군인 흉내를 내야 했다.

반공은 실체였다. 사랑보다 미움을 먼저 배운, 결핍한 소년처럼 세계를 증오하기도 했다.

춘천여고에 좋아하던 여자애가 있었다. 반공은 지금도 나를 옥죄고 있다.

김창완은 최근 인터뷰에서 다음과 같이 말했다. "산울림으로 활동을 하면서 8집을 낼 때에야 사랑이라는 단어가 처음 나왔다. 강박적으로 늘 써오던 말을 피해갔다. 그리고 콘셉트 앨범이던 9집이 사회를 비판하는 곡으로 채워졌다. 그때는 사회적으로 거대 담론을 이야기했다."(《뉴시스》, 2015년 5월 4일자) 음악평론가 김태훈은 산울림 8집을 "완숙기에 접어든 밴드의 또다른 실험"이라고 말했다. 산울림은 1991년 12집을 끝으로 공식 해체하였다.

영아의 告白

〈선데이서울〉은 소년에게 관능적 이미지를 주었다. 아침 조회 때 단상에 오른 교장 선생님이 쥐를 잡거나 방공방첩에 대한 국가의 지시를 설명했을 텐데 관능은 조회시간 내내 사라지지 않은 것 같다.

열두 살 소년이 여성의 어깨선에 집착할 리가 없다. 상반신을 드러낸 김자옥과 신성일의 포옹 장면은 반공포스터보다 더 깊숙이, 인지를 담당하는 내 뇌에 각인되었음이 분명하다. 김자옥의 벗은 어깨는 여성적인 것에 대한 충격적 계시였다.

가슴이 뛰고 얼굴엔 홍조가 일었겠지만 지금은 기억나지 않는다. 다만 어머니의 젖가슴을 더듬던 손이 머쓱해졌을 것. 〈선데이서울〉은 다락방 가장 은밀한 곳에서 보풀이 일어나도록 거듭 읽혀졌을 것이다.

내가 태어나기도 전에 아버지 삼형제는 본적을 옮겼다. 연좌제. 반
공 앞에서 쪼그라든 남자들이 〈선데이서울〉을 뒤적이며 시대를 참
아갈 때, 김자옥의 어깨선이 어떻게 소년에게 여자를 가르쳤는지
나는 궁금하다.

• 〈선데이서울〉은 1968년 9월 창간하여 1991년 12월까지 간행되었다. 첫 주간
대중오락지로 창간되었고 황색저널리즘의 상징으로 시대를 풍미하며 'B급문화'
를 이끌었다. 1968년에 50원이었던 잡지는, 1991년에는 1,500원이었다. 서울신
문사는 "시대에 뒤떨어졌다"는 폐간 이유를 밝히면서 새로운 주간지 〈피플〉을
창간했다.
• • 〈영아의 고백〉은 1978년 제작된 변장호 감독의 영화다. 강신성일과 김자옥,
유장현, 엄유신 등이 주연을 맡았다. 한 대학생 호스티스의 수기를 영화화하여
10만 명을 동원한 흥행작이다.

똘이장군

어릴 적 반공교육을 철저히 받았을 터인데, 내 기억엔 '간첩 잡는 똘이장군'은 없고 '울지 않는 소년 독고탁'만 있다. 똘이장군이 중앙시장 건어물 아저씨를 간첩으로 체포했을 때, 독고탁은 아저씨에게 약간의 신비스러움을 느꼈던 것 같다. 호기심 많은 소년들에게 반공교육은 참으로 우스꽝스러운 일이 아닐 수 없었다.

(우스꽝스러운 일이 벌어지고 있을 때 그것은 참아내야 하는 일이다.)

'독고탁'들이 《어린왕자》를 읽고 어렵게 페이지를 넘기며 《구토》를 읽을 때 반공은 따뜻한 마음으로 교체되었다. '울지 않는 소년 독고탁'이 또 '똘이장군'의 손을 잡아야 할 모양이다. 실시간으로 종북을 교육받는 소년들에게 이 우스꽝스러운 시대를 잘 참아내라고 해야 할 판이다.

〈똘이장군〉은 1978년 제작된 김청기 감독의 애니메이션이다. 〈제3땅굴편 똘이
장군〉, 〈간첩 잡는 똘이장군〉 등이 제작되었다. 금강산 숲속에서 동물들과 평화
로운 일상을 보내던 소년 똘이가 북괴의 핍박 속에 고통받던 소녀 숙이를 만나,
남한으로 쳐들어갈 땅굴을 파기 위해 주민들을 혹독한 강제노역에 동원한 '붉은
수령'을 물리치고 남한으로 넘어온다는 이야기다.

별이 빛나는 밤에

소리는 묘하다. 떨림이 전달된다. 공포가 느껴지고(공포영화를 볼 때 소리를 죽이면 하나도 안 무섭다) 욕망을 불러일으키기도 한다(전화통화를 하다가 아랫도리가 축축해지거나 묵직해진 경험이 있을 터).

소리는 파동이라고 정의되지만 입자일 수 있다. 파동은 청각을 작동시키지만 소리가 입자이기도 하다면 뇌를 자극시키거나 심장까지 가닿지 않으리라는 법이 없다. 소리를 구성하는 입자는 기억이 담겼거나 냄새가 포함되었을 수 있다. 입자는 순식간에 전파를 타고 먼 곳까지 간다. 심지어 백 년 전에 녹음된 이화중선의 음반, 그녀의 목소리에 담겼던 한恨이 오늘의 슬픔을 자극한다. 한恨의 입자는 공기 중에 떠돌다가 그녀의 목소리 파동과 만나 우리들 가슴으로 들어온 것일지 모른다.

소리는 정직하거나 솔직한 사람에게 어울린다. 그런 사람들은 만나

서 얘기하거나 전화를 선호하는 것 같다. 그러나 감정을 표현하는데 숙맥인 사람들은 어쩌랴. 되려 감정이 반대로 표현되는 경우도 있다. 문자는 진정 그런 사람들을 위한 도피처다.

그러나 문자는 소리의 무덤이다. 소리는 "아니야"라고 하며 '그래'를 알릴 수 있지만 문자는 그렇게 못한다. 먼 훗날 바벨탑이 무너지고 세계의 문자가 사라진다면 문자로 남겨진 모든 기록은 해독불가능이 된다. 소리만이 감정의 입자를 간직한다.

감정을 대신 표현해줄 것들이 없던 시절, 간절한 사연을 읽어주던 이종환과 이문세의 소리는 구전시대의 정직한 감정을 소년들에게 남겼다. 〈별이 빛나는 밤에〉, 옛 전설처럼 다른 이들의 이야기를 듣거나 음악을 들으면서 깊은 감정이입으로 아픈 시절을 건넜다.

소리는 용감함을 필요로 한다. 소리에 감응한 소년들이 소리를 질렀다. 소리는 늘 민주주의다. 그건 우리가 광장에 모여야 하는 이유이기도 하다. 정직하거나 솔직해지고 싶을 때 소리를 듣자. 전화기를 들자.

〈별이 빛나는 밤에〉는 줄여서 "별밤"으로 호명되었다. MBC 표준FM 프로그램이다. 1969년 3월 명사들과의 대담 프로그램으로 시작하였으나 인기 DJ였던 이종환이 진행을 맡은 이후 심야 음악 프로그램으로 자리 잡았다. 1985년부터 10여 년 동안 진행을 맡은 이문세는 '밤의 교육부장관'이라 불렸다. 청춘들의 가슴을 위로하고 벗하면서 라디오시대의 전성기를 이끈 프로그램 중 하나였다.

원주율

인생人生은 딱 떨어지는 게 없다. 예측은 늘 빗나간다. 그러하니 진중하게 분석하는 사람은 앞날을 결코 맞출 수 없다. 그저 많이 떠들고 마구 얘기하는 사람이 선지자 같다. 그중에 하나는 반드시 걸려든다. 간혹 고정값처럼 느껴지는 상수常數를 믿어보지만 이건 권력자의 맘에 따라 값을 달리한다. 부정不定을 앞에 붙인 상수다. 굳이 변하지 않는 상수가 있다면 그건 죽음뿐이다.

(죽음 또한 때에 따라 부정상수가 된다. '정치적 생명'이니 '영생'이니 하는 용어들이 붙어서 산자들의 무한한 변화가능성과 변수를 줄인다. 유전자의 입장으로 보는 시각도 있는데 자손을 남겼다면 죽음은 단지 개체보존의 역할을 다한 뒤의 소멸일 뿐이다.)

사실 수학계산도 딱 떨어지는 게 없다. 정답이 있다는, 그 포악한 중학교 1학년의 수학시간. 정답을 찾아가지 않았다면 누구나 다 무

리수가 가진 아찔한 우주를 보았을 것이다. (무리수는 소수로 나타
내면 결코 법칙을 발견할 수 없는 무한소수가 된다. 예를 들어 이런 것.
$\sqrt{2} = 1.41421356\cdots$, $\sqrt{3} = 1.73205080\cdots$, $\pi = 3.1415926\cdots$)

대부분 여기에서 수학을 포기하지 않았나 싶다. 신의 발자국 소리
같은 초월수에까지 가보지도 못했다. 딱 떨어지는 게 없음을 정직
하게 인정했다면 수학은 우리 인생의 거울이 되었을 터. 일도양단
의 못된 버릇도 오래 남지 않았을 것 같다.

둥근 원을 직선인 반지름으로 나눈다는 생각은 이성만으로 가능하
지 않았다. 석양에 축축이 젖어 태양의 길에 유혹되었을 것이며 별
이 촘촘히 박힌 우주의 반구에 반하지 않았다면 원주율은 단지 하
찮은 계산이었을 뿐이다. 잘 구워진 사과 파이에도 수학이 있었다.
이성이라는 껍데기로 단단하게 둘러싼 아집이 오히려 이성적 사고
를 초라하게 한다.

원주율의 파이(π)는 (그리스에서) '아르키메데스의 수'라고 부르기도 한다. 그 이전에는 3으로 추정되던 값을 계산하기 시작한 것이 아르키메데스(Archimedes, 기원전 287-212)였기 때문이다. 한편 독일에서는 이를 루돌프수라고도 하는데, 이는 1600년대 독일 출신 수학자 루돌프 반 쾰렌이란 사람이 소수점 아래 35자리까지 계산해냈기 때문이다. 그는 이를 매우 자랑스럽게 여겨 자신의 묘비에 새겨 넣도록 했고, 다른 사람들도 그를 기리기 위해 루돌프수라고 부르게 된 것이다. 1737년에는 스위스 출신 순수수학의 창시자 오일러가 기호 π를 채택하여 이때부터 파이가 일상생활 속으로 들어오게 되었다. 일반적으로 원주율을 3.1416 또는 3.14159로 계산하는데, 인공위성 등 첨단의 계산에서는 소수점 아래 30자리까지 계산된 원주율을 사용한다(이상, 김흥식, 《세상의 모든 지식》, 서해문집, 2007). 요즘엔 초등학교 6학년 1학기 5단원에 원주율이 나온다. 중학교 1학년 2학기엔 정다각형과 부채꼴 호를 배우면서 원주율을 사용한다.

소나기

소녀, 햇살 같은. 소녀에게는 칡꽃 냄새가 난다. 누구의 눈길도 닿지 않은 듯한, 아찔한. 개울가에 소녀가 앉아 있다. 여울물 소리 잦아들고 소녀의 흰 발로 모여들던 송사리떼. 그때 가슴 어디가 간지럽던 소년. 물속 조약돌이 심장처럼 두근두근 생명을 가지게 된, 우리 모두의 첫사랑, 그 시절.

소나기. 느닷없는 빗줄기처럼 사랑은 오고 소나기 그치면 못내 아쉬운, 갈수록 마음속에서만 커져 가는 첫사랑. 우리의 인생에서도 그렇게 소나기가 내렸었다. 수숫단 아래로 비를 긋고, 소녀를 업고 물이 불은 개울물을 건너야 했다. 슬픔이야 그저 꽃송이에 묻어두면 되었던 것을, 그러지 못했다. 바보처럼.

징검다리. 우리는 모두 유년에서 성년 사이의 징검다리를 건넜다. 비틀대며 혹은 열병을 앓으며. 소녀의 분홍스웨터 앞자락에는 소년

의 등에서 묻은 검붉은 물이 들어 있었다. 소년은 잠자리에서 (어른인, 다른 세계에 사는) 아버지의 말을 들었다. "그런데 참, 이번 계집애는 여간 잔망스럽지가 않아. 글쎄 죽기 전에 이런 말을 했다지 않아? 자기가 죽거든 자기가 입던 옷을 꼭 그대로 입혀서 묻어 달라구…."

소년, 이제는 중년이 된. 그러나 소년들은 아직 조약돌을 간직하고 있다. 가끔이겠지만 우리들이 순수할 수 있는 이유는 조약돌 때문이다. 우리들이 기다릴 줄 아는 것도 물론. 어느 날 떡갈나무 잎에서 빗방울 듣는 소리가 난다면 사랑이 온 것이다. 아직 우리들에게 남아 있는, 순수란 이름의.

〈소나기〉는 황순원의 동명 소설을 원작으로 한 1979년 9월 개봉한 고영남 감독의 영화. 이영수와 조윤숙 출연. 원작은 1953년 5월 〈新文學〉지에 발표되었고 1956년 중앙문화사에서 간행된 단편집 《학(鶴)》에 재 수록되었다. 이성에 눈떠가는 사춘기 소년소녀의 아름답고 슬픈 첫사랑의 경험이 서정적으로 그려져 있다. 1979년 제2회 전일방송대학가요제에서 김종률은 "소녀는 윤초시네 증손녀였죠"로 시작하는, 소설의 내용을 가사로 한 노래 "소나기"로 대상을 받았다. 당시 연이로 출연한 소녀 배우 조윤숙은 1966년 생으로 여의도국민학교 6학년이었다. 소녀 조윤숙은 수많은 소년들의 마음에 아련한 첫사랑을 남겼다.

보
고
싶
어
요

평범한 사람이 북한 사람과 우정을 맺는다는 건 매우 어렵다(국가
보안법 8조 회합통신 등에 대한 조항은 반국가단체로 규정된 북한 사람
과의 허가 없는 접촉을 금하고 있다). 일본의 재일동포 단체인 재일조
선인총연합회(조총련) 사람들의 국적은 '조선'인데 이들을 만났다
가 간첩이 된 사람도 부지기수다.

평범한 사람이 '대남사업일군'들 말고 (북한에 거주하는) 평범한 북
한 사람과 우정을 맺는다는 건 (현재로서는) 거의 불가능에 가깝다.
물론 예외는 있다. 금강산과 개성에서 애틋한 사랑이 움트고 우정
이 싹튼 건 평범한 사람들이 어울려 만든 지극한 일상사다.

만남은 추억을 낳고 추억이 쌓이면 그리움이 생긴다. 그리움이야
말로 설명이 필요 없는 만남의 이유다. 얼굴을 볼 수 없으면 편지를
나누고 편지까지 나눌 수 없으면 손때 묻은 학용품, 체온이 가시지

않은 담요라도 나누어야 한다. 아무라 하찮은 것이라 해도 무엇인가 오고가야 그것이 근거가 되어 추억은 움터 올라온다. 봄비를 맞은 봄날의 새싹들처럼 말이다.

10여 년 전 광화문에 있던 북한자료센터(2009년 국립도서관 5층으로 이관했다)에서 북한잡지 〈청년문학〉을 보다가 좋은 시 한 편을 발견했다. 아마도 〈내게 사탕보다는 총알을 다오〉라는 제목의 시였을 것이다. 작가는 김일신. 사탕을 배급받던 어린 날의 기억을 얼마나 생생하게 그려냈는지, 인상에 깊이 박혔다.

이 작가를 정말 우연히 만났다. 2005년 평양에서 열린 남북공동행사, "청년학생궁전"에서 시낭송을 하게 되었는데 북한 측 참가 작가의 이름이 김일신이었다. 동그란 얼굴의 김일성종합대 조선어문학부 4학년 여학생이었다. 내가 대뜸 〈청년문학〉의 그 작가냐고 묻자, "오빠, 저도 잘 알고 있습니다. 〈통일문학〉에서 시를 보았습니다"고 했다(북한자료센터에 드나든 건 참으로 다행스런 일이었다). 여학생인 걸 알고 나서야 비로소 김일신이란 이름이 다시 생생하게 떠올랐다. 1989년 임수경이 방북했을 때, 그녀 앞에서 즉흥시를 읊었던 신의주 백사유치원의 어린이였다.

어렵게 재개되는 이산가족의 상봉을 시작으로 평범한 남쪽과 북쪽의 사람들이 추억을 쌓았으면 좋겠다. 평범한 사람들이 만날 수 있는 기회를 늘리는 건 평범한 사람들이 그리움을 갖게 하는 가장 평화로운 통일의 방법이다.

통일이 뭐 별거 있겠는가. 보고 싶으면 되는 거 아닌가.

《보고 싶어요》는 1990년에 발간된 김일신의 동시집. 〈언니와 놀던 자리 꼭 와 봐요〉, 〈나도 면회 갈래요〉 등의 시가 실렸다. 이 귀한 시집을 그날 일신에게서 받았다. 일신의 소식은 그 뒤 김일성종합대 조선어문학부 출신인 대남사업일군 에게 박사연구생으로 입학했다는 소식만 단 한 번 전해 들었을 뿐이다. 지금은 결혼도 했겠다.

여로

운명이 이끌었다면, 시대 상황이 그 운명을 거스를 수 없게 했다면
그 어떤 인생도 공감할 수 있다. 아니, 내 자신의 이야기처럼 붙잡
고 곱씹고 더불어 울며 웃을 수 있다. 보듬어 안을 수 있다.

태현실이 연기한 〈여로〉의 '분이'는 불행한 우리 근대사에서 흔히
볼 수 있는 여인이다. 누이이며 이모이고 연인이다. 바닥 인생은 지
극히 자연스런 시작이었다. 술집 작부, 사창가 여자였다가 장욱제
가 연기한 바보 영구의 집 씨받이로 들어갔다. 어찌 평범한 행복을
누릴 수 있었을까. 온갖 수난 끝에 결국 쫓겨나고 영구의 순정만 슬
프고 아름답다. 그러나 오랜 세월이 지나 다시 재회하여 행복을 누
리게 되는데.

일곱 살 때, 어머니 손을 잡고 평택으로 이모를 보러 갔다. 이모는
거대한 흑인과 살고 있었다. 셜리라는 조그만 여동생도 있었다. 혼

혈아였다. 열네 살에 소녀가장이 된 어머니는 동생 셋 모두를 고루 돌보기 힘들었을 터였다. 이모는 얼마 후 이민을 갔다. '양공주'란 단어를 알기엔 어린 나이였다. 흑인이 무서울 나이였다. 지금은 검은 피부의 셜리가 보고 싶고 궁금하다.

어머니는 분이를 보며 불행을 이겨낼 힘을 얻었으리라. 이미자가 부른 주제가를 따라 흥얼대며 인생의 저 끝에서 행복해지리라 생각하셨을 것. "언젠가 오랜 옛날 볼우물 예뻤을 때 / 뛰는 가슴 사랑으로 부푼 적도 있었는데 / 흐르는 세월 따라 어디론가 사라졌네 / 무심한 강바람에 흰머리 나부끼고 / 아쉬움에 돌아보는 여자의 길" 아, 여자의 길.

팍팍한 삶을 겨우 건너왔을 때, 주름진 가슴에 새겨진 건 원망도 분노도 또 용서도 아니다. 그건 그저 체험된 공감이다. 지난날을 부정하는 건 고통을 견딘 자신의 삶조차 부정하는 것. 진보여, 우리의 근현대사는 부정의 대상만이 아닌, 때로 보듬어야 할 대상이 아닌가.

KBS에서 1972년 4월부터 12월까지 방영한 드라마 〈여로〉는 일제시대를 거쳐 한국전쟁 후 분단의 아픔과 이산가족의 슬픔을 포함한 한 여인의 삶과 애환, 갈등을 그렸다. 90회 예정이었으나 폭발적인 인기로 방송횟수를 두 배 이상 연장했고 흑백텔레비전 보급에 큰 역할을 한 멜로 드라마였다.

괴
도
루
팡

우리 집에서 춘천여고 쪽으로 가는 언덕길 오른쪽에 영구네 집이 있었다. 영구네 집은 내게 괴도 루팡의 '기암성'이었다. 계림문고 "소년소녀 영원한 세계의 명작문고" 100권은 철가면을 쓰고 폭풍의 언덕을 넘어 톰소여를 만나는 기기묘묘한 성이었다. 아침마다 녹색 대문 앞에서 영구를 기다렸다. 성안으로 들어가기 위해 5학년, 얼굴이 까무잡잡한 구멍가게집 아이는 영구의 가방을 들었다.

선과 악의 세계는 주일학교에서 분리되기 시작했지만 괴도 루팡과 셜록 홈즈의 세계에서는 뒤섞였다. 흐린 날의 우울과 비 내리는 날의 쓸쓸한 감정도 느낄 수 있었다. 나쁘다고 배워온 세계, 그 안에 아름다운 게 있었다. 조숙한 아이들은 신사적인 악당 루팡에 쏠렸고 어수룩한 나는 코카인을 흡입하던 선한 탐정 홈즈가 좋았다. 아이들은 앞뒤 안 맞는 문장들로 하학길 내내 떠들었다. 루팡이냐 홈즈냐, 교회 밖에서만큼은 선과 악이 아이들의 삶을 동시에 이끌었다.

문자를 담은 책, 그 세계는 수많은 담론을 생산해내는 것 같지만 결국 손과 손을 맞잡게 하는 매개로서 존재한다. 많은 것이 망각되고 다시 걸러져 우리에게 남은 기억은 현재를 사는 힘이 된다. 괴도 루팡은 헌책방 구석에서 얼룩져 아직도 선과 악을 붙들어놓고 있다. 각자 다른 기억의 파편이 지금의 나를 구성했지만 또 많은 걸 잊고 함께 술잔을 기울이는 것처럼.

1976년에 발간된 계림문고 "소년소녀 영원한 세계의 명작문고"의 원본은 일본 소학관小學館의 "소년소녀 세계의 명작"이다. 낱권 480원이었다. 당시 전질은 100권이었고 이후 250권으로 완간되었다. 월부로 판매하는 값비싼 전집물이 아닌 낱권으로도 판매해 인기였다. 각 권마다 25면 이상의 전면 삽화를 수록했고 옵셋 인쇄로 활자가 선명했다. 책 앞에 등장인물을 소개해 인물과 친숙하게 만들었다.

도망자

때론 예상치 못한 사건에 휘말리게 된다. 마치 누가 짜놓은 각본처럼 사건은 순식간에 결말에 도달한다. 판단 또한 순발력을 요구하고 그 결과의 좋고 나쁨은 영원히 유보된다. 단지 그날, 어떤 이미지만이 오래도록 기억될 뿐이다.

1985년 4월 14일이었다. 숙취가 가시지 않은 일요일 늦은 아침이었다. 전날 나는 서울에서 내려와 대학 생활을 안주 삼아 친구들과 술을 마셨다. 누가 벨을 눌렀다. 몇 번 더 울리고서야 집에 나뿐인 걸 알았다. 문을 열자 군인 둘이 서 있었다. 호랑이 마크가 붙은 헌병 복장이었다. 수기사(수도기갑사단) 소속인 모양이었다.

대뜸 "A를 아느냐?"고 물었다. A는 고3 때 짝이었다. 일 년 내내 옆자리에 앉았지만 나이도 한 살 많았고 방과 후면 바로 어디론가 사라져버렸기에 그리 살갑게 지내진 못했다. "안다" 했더니 A가 탈영을 했단다. 모교의 선생님들도 정보가 없기는 피차일반이었다. 내가 짝이었다고 알려주었던 것. A가 찾아오면 연락하라는 말을 건성으로 들었다. 그가 나를 찾아올 이유가 전혀 없었다. 가족들과 헌병대의 연락처가 적힌 쪽지를 추리닝 주머니에 구겨 넣고 또 잤다.

그렇게 끝날 줄 알았는데, 오후에 전화기가 울렸다. A였다. "우리에게 연락해야 영창을 가지 않는다"는 말이 확 떠올랐다. 짐짓 모르는 채 "오랜만이다" 어쩌고 하다가 요선동 중국집에서 A를 만났다. 오후 5시 20분이었다. TV에서는 〈도망자〉 마지막 회가 막 시작하고 있었다.

〈도망자〉와 탈영한 친구 A. 묘한 스토리가 얽힌 채 소주 한 병을 비웠다. TV에서는 〈도망자〉가 해피엔딩으로 대단원의 막을 내리고 있었다. 조심스레 화장실에 간다며 나와 가족들에게 연락했다. 갈등이 심했다. 헌병들 말을 믿을 수 있을까? 도망자, 나름 멋있지 않나? A가 나를 원망하지 않을까? 소주 세 병이 비워졌을 때 가족과 헌병들이 도착했다. 황당한 표정의 A가 누명을 쓴 킴블의 표정처럼 잊히지 않았다.

1988년 겨울, A의 느닷없는 연락을 받았다. 복학을 준비하며 춘천에 칩거 중이었다. 팔호광장 어디 다방에서 만나 근황을 물었다. 다행스럽게도 원망의 말은 없었다. 무사히 제대하고 양구에 술집을 차렸는데, 아가씨가 그만 월부로 가전제품을 무더기로 사들인 다음 그걸 가지고 도망쳤다는 얘길 구구절절 들었다. 춘천 어디 있다고 해서 찾으러 다니다가 내 생각이 났다고 했다.

도망자를 찾으러 A는 총총히 다방을 나섰다. 눈이 내리고 있었다.
사건이 흑백에서 컬러로 바뀐 채 시즌2로 재방영되는 기분이었다.
그 뒤로 A의 소식은 모른다. 〈도망자〉가 리바이벌되고 영화로 상영
될 때 괜히 미안한 마음으로 기억될 뿐이다.

〈도망자〉는 미국의 QM사가 제작한 드라마로 ABC방송에서 1963~1967년까지
방영되었다. 우리나라에서는 1972년 TBC에서 선을 보였다. 1984년에 "인기 드
라마 〈도망자〉, 이제는 컬러로 보실 수 있습니다"라는 카피로 KBS2TV에서 재방
영했다. 이후 1993년 해리슨 포드를 주연으로 영화화 되었다. 〈도망자〉는 리처
드 킴블이라는 소아과 의사의 도망과 추적을 그려내고 있다. 어느 날 아내를 살
해한 혐의로 체포된 킴블은 "범인은 자신이 아니라 외팔이다"라고 항변한다. 그
러나 경찰은 킴블의 증언을 외면한다. 교도소로 이송 중 사고를 틈타 킴블은 탈
주해 도망자가 되고 끝내 누명을 벗게 된다. 실제로 벌어진 "샘 셰퍼드 사건"을
모델로 했다.

설빔

수경이가 방북했던 그해, '한양대 630 투쟁'이 있던 와중에 아버지가 돌아가셨다. 다급히 귀향했는데 내 손을 꼭 쥐시더니 입술을 깨무신 채 눈을 감으셨다. 감성이 유달리 예민한 탓에 49제를 지내다 말고 옥상에서 뛰어내릴 뻔했다. 그때 어머니 나이 마흔여덟이었으니 지금 내 나이보다 적으셨다. 어머니의 잦은 감정 변화를 헤아리기엔 모르는 거 투성이었고 내 감정을 다스리기엔 시대상황에 지나치게 들떠 있었다. (아내의 갱년기를 겪어보니 이제야 어머니를 이해한다. 그러나 내가 뭐 잘한 게 있다고 이해 운운한단 말인가.)

다음 해 11월, 일 년 상을 보낸 뒤에야 누나는 미뤄놓았던 결혼식을 올렸다. 누나가 시댁으로 가고 그 뒤 식구가 늘기까지 명절은 적적했다. 1990년 설과 추석, 1991년의 설을 어머니는 혼자 보내셨다. 차례상도 외로이 차려놓으셨다. 레닌처럼 망명한 것도 아니었는데 나는 수배를 이유로 집에 가지 않았다. 1991년 추석이 가까워오자

외삼촌이 외로운 어머니를 걱정하여 나를 다그쳤다. 뭐에 이끌렸는지 집에 가고 말았다. 각오한 일이었지만 결과는 뻔했다. 우리 집 앞에 잠복근무 중이던 수사관들에게 좋은 일을 하고 말았다. 추석 선물인 셈이었다.

1992년 설날, 나는 서울구치소 2사동 독방에 있었다. 며칠 전 어머니는 다섯 달 된 조카를 등에 업고 면회를 오셨다. 내의 한 벌과 솜을 누빈 수의 한 벌을 새로 넣어주고 가셨다. 설빔이었다. 면회도 금지된 국정공휴일 아침, 사과와 감을 깎아놓고 사발면 한 그릇을 올려놓은 채 차례를 지냈다. 그 뒤로도 몇 번 어머니와 둘만의 명절을 보냈다. 적적했던 기억 탓이었는지 모르겠다. 결혼도 급했고 이제는 다행히 식구가 여섯으로 늘었다. 설이 올 때마다 하얀 수의가 생각난다.

설빔을 충청도에서는 '설빗음'이라 하는데 '설을 빗는 옷'이란 뜻인 것 같다. 한자로는 세장(歲粧)이라 한다.

제
비
우
스

우정은 때로 느닷없이, 금기를 깨면서, 모종의 결속 가운데 핀다. 용호가 은하수 담배를 꺼냈을 때 내 주머니엔 청자 담배가 있었다. 고등학교 1학년 어린 녀석들에겐 싸고 독한 담배가 간혹 서열을 결정하기도 한다. 옥천동 독서실 베란다에서 용호와 나는 어른 흉내로 친해졌다. 모범생이라는 딱지도 그맘때쯤 과감하게 떼어냈다. (올해 아들은 고등학생이 된다. 녀석이 담배를 피우면 난 어떻게 반응해야 할까?)

그해 오락실엔 갤러그가 등장했다. 용호는 나보다 수영을 잘했고 (용호네 집 바로 뒤엔 세종호텔 수영장이 있었고 우린 여름내 거길 다녔다) 당구도 잘 쳤고 갤러그는 수준급이었다(고스톱 실력은 내가 좀 나았다). 저녁이 되면 교복을 입은 채 우린 오락실에서 사춘기의 열기를 식혔다. 2년 내 용호를 뛰어넘을 수 없던 내게 새로운 기회가 온 건 제비우스의 등장이었다. 상묵이를 꼬드겨 오락실을 들락거린

끝에 봄이 되기도 전에 제비우스만큼은 용호를 누를 수 있게 되었다(밤늦게까지 게임에 빠져 있는 아들에게 무슨 할 말이 있으랴).

2년 전 용호가 간경화로 죽었다. 김근태 의장님의 장례를 치르고 정신을 차리기도 전이었다. 나는 용호만큼 배려심이 깊은 사내를 본 일이 없다. 친구들의, 선후배들의 삶이 고통의 시간을 지날 때마다 용호가 마신 술의 양은 가늠하기 어려웠을 것이다. 그의 간은 우리들에게 바쳐진 고귀한 성배가 아닐 수 없다(그가 죽고 2년이 지나서야 그가 신부가 되었으면 좋았겠다는 생각이 든다). 용호는 제비우스의 비행선처럼 자유롭게 하늘을 누비고 있겠지.

고3이 되었던 1983년 1월, 일본의 게임회사 남코는 갤러그 이후 제비우스를 내놓으면서 슈팅게임을 완성시킨다. 이전 슈팅게임과 달리 배경을 움직여 실제 비행하는 느낌을 주었다. 플레이어는 공중의 적과 동시에 지상의 적과도 싸워야 했다. 또 배경에 숲, 강, 사막이 등장해 즐거움을 주었다. 비행기는 좌우로만 움직이던 기존 게임과 달리 상하좌우 자유롭게 움직였다. 몸을 비비 꼬면 적의 사격을 피하기 좋았다. 거리와 높이의 개념이 도입된 첫 게임이기도 하다.

미제 아줌마

무학예식장 뒤쪽 좁은 골목길 끝, 어둠이 이른 시간에 내리던 내 자취방은 보증금 30만 원에 월세 3만 원짜리 방이었다. 변소가 붙어 있어서 아침마다 별 소릴 다 들었고 장마철엔 천정이 내려앉았다. 자다 말고 충남이가 구석에 오줌을 싼 자국도 그대로였다.

(세상의 모든 어머니는 무당이다.) 누가 문을 두드린 건 아침 7시 무렵이었다. 어머니였다. 꿈자리가 뒤숭숭하여 춘천에서 첫차를 타고 오신 길이었다. 내 얼굴은 두 군데가 까졌고 온몸엔 멍이 들어 있었다. 놀란 어머니가 가방에서 꺼낸 건 상처에 바르는 연고였다. 빨간색 연고는 지금으로 치면 후시딘이었다. 어머니 옷가게에 들른 미제 아줌마에게 사셨단다. 애들 있는 집에 하나쯤 있으면 좋다고, 애들도 없는데 뭔 필요가 있겠냐고, 몇 번의 실랑이가 오가고 난 뒤 어머니의 가방에 들어갔다.

전날 밤 신촌에서 싸움이 벌어졌다. "시간 없으니 한꺼번에 다 덤벼!" 하고 소리쳤던 나는 호기에 걸맞은 응징의 대상이 되었다. 몰매를 맞았다. 명문대를 다니던 모범생 친구들은 모두 사라졌고, 지갑과 안경은 분실하였고, 신촌에서 왕십리까지 나는 호기를 후회하며 지루한 밤길을 걸었다.

어머니는 안경값을 놓고 억지로 발걸음을 떼셨다. 난 신정문 앞 버드나무를 붙잡고 전날 밤 먹은 걸 확인하고 나서야 인문대 계단을 겨우 올라 강의실에 도착했다. 누군가 나를 찾고 있었다. 그의 손엔 지갑과 안경이 들려져 있었다. 내 거였다. 그는 전날 밤 나를 응징한 무리들 중 한 명이었다. 연세대 복학생이었다. 지갑에 든 학생증이 안내자가 되어 그를 데리고 왔다.

안경을 새로 맞출 돈은 감사의 술값이 되었다. 골목으로 들어가 대낮부터 그 형과 막걸리를 마셨다. 광주에서의 학살을 애기했을 터였다. 미국이 배후라고 애기했던 것 같기도 하다. 1986년 5월이었다. 햇볕은 쨍쨍했고 그새 어머니의 사랑을 잊을 만큼 뜨겁기만 한 청춘이었다.

미제 아줌마는 미군부대 PX에서 흘러나온 물건을 떼다가 팔던 분들이다. 아줌마의 보자기엔 화장품부터 스팸까지 미국의 풍요로움이 담겨 있었다. 실로 움직이는 면세점이었다. 그 보자기는 미제 물건에 대한 맹목적 선망과 다름없었다. 미제 아줌마는 1983년 수입자유화가 본격화되면서 자연스럽게 자취를 감추기 시작했다. 그러나 미제에 대한 우리들의 맹목은 그대로다. 미제 앞에서 우리는 여전히 보자기 앞에서 침 흘리던 어린아이다.

스무 살

돌아오지 않는 사람들이 있다. 그대로 스무 살이거나 고의로 성장을 멈춘 이들이 있다. 스스로 짐작하였을 터이다. 나이가 들어간다는 것이 곧 발전을 의미하진 않는다. 순수가 절정에 달했을 때, 그 순간에 자신을 남겨놓음으로써 먼 훗날 친구들이 자신을 기억하게 하려 했음이다. 그들 중 몇을 기억한다. 박래전, 조성만, 박성희….

순수를 '진보'라 하진 않는다. '진보'는 허구적 단어다. '진보'는 그 자체로 행동을 의미하진 않는다. '진보'가 '거룩한 하나님'처럼 종교적 언어가 된 거 같다. 어떤 행동을 '진보'라 불러야 맞다. '진보'를 규정하고 나서 어떤 행동을 그 잣대에 맞추는 순간 '진보'는 답답하고 냉소적 단어가 된다.

아이가 태어나면 이름을 짓는다. 새로운 행동에는 새로운 이름이 붙여져야 옳다. 1909년 지문등록 거부서약을 받아낸 간디는 "사티

3부 이름 부를 수 있는 것이 모두 아름다움으로 살아 빛나는 저녁

아그라하", 즉 "진리의 힘"이라는 말을 만들었다. 그의 사촌은 "사다 그라하", 즉 "선의를 위한 굳은 의지"를 제안했다. 행동은 단 한 가지, 집요하게 거부하되 폭력 없이 공개적으로 한다는 것이었다. 힌두교도였던 간디는 자이나교에서 비폭력의 개념을 빌려 왔다. 간디는 자신의 행동을 '진보'라 하지 않았다. 당시 유행하던 '진화론'과 '유물변증법' 따위는 생각하지 않았다.

세월호의 유가족들은 '진실을 밝히는 행동'을 하고 있는 것이지 '진보 행동'을 하고 있는 건 아니다.

'통일'을 한다는 건, 남과 북이 꼭 하나가 되는 것일까. 그게 '진보' 일까. '통일'은 꼭 하나가 되자는 게 아닐 수 있다. '통일'은 더 다양해지는 것일 수 있다. '통일'은 그 자체를 추구하는 과정에서 즐거운 행위일 수 있다. 분단이 가져온 부조리는 고전적 방법의 '통일'만으로 해결되는 건 아니다. '통일'의 개념이 변화할 수 있다면 관념적 '진보'라는 틀에서 '자주, 민주, 통일'을 해방시켜야 한다.

스무 살에 나는 왜 행동했을까. '진보' 운동을 하려 했을까. 아니다, 그건 잘 몰랐고 알 필요도 없었다. 부조리에 저항하고자 했고 '광주'의 진실을 통해 국가가 국민을 위해 존재하길 바랐다. 지금 나는 여전히 스무 살 순수를 기억하는 몇 사람을 알고 있다. '진보'에 얽매이지 않고 변화를 위해 살고 있다. 그들이 있어서 폭염이 계속되는 이 여름날에도 나는 서늘한 바람을 만난다.

율리시스

일상日常

강아지 털을 깎아주었다. 밀린 일이 있는데 손에 잡히질 않았다. 사슴벌레 수컷의 몸에 진드기가 붙어 물로 씻어주었다. 아들 팬티가 자꾸 엉덩이에 끼어 내 것으로 갈아입었다. 천정에 붙어 있을 모기를 찾다가 그만두었다.

작년에 베를린에서 가져온 봉지 담배를 한 대 말아 피고 나서 막둥이의 고무딱지가 몇 개 남아 있는지 세어보았다. 오래도록 집을 비울 것처럼 괜히 구석구석 살펴보았지만 가방에 추리닝 바지를 넣었다가 다시 빼내었다.

구름이 가끔 그늘을 데리고 지나갔다. 강아지가 그때마다 짖었고 뉴스채널을 바둑채널로 바꾸었다. 오후엔 병원에 가야 하는데 아침이 욕실에서 나오지 않았다. 도대체 언제 이렇게 나이를 먹은 거지? 어떤 희망을 어머니에게 드릴 수 있는 거지?

2월부터 신은 신발에 탈취제를 뿌리고 멍하니 앉아 사슴벌레 암컷을 기다렸다. 윤기로 반짝이는 암컷은 좀처럼 나타나지 않았다. 아직 기다릴 것이 있어 다행인 것일까. 시간이, 양말이랑 같이 빨랫대에 걸려 흔들거리는 아침이 아주 낯익었다.

육개장

젊은 어머니는 안 계신다. 일복이 터져 손마디가 굵어지고 자식대신 암 덩어리를 뱃속에 키우신 늙은 어머니만 계신다. 어머니 품속에 무슨 화火가 있을 거라고 어머니는 냉면을 드시고 자식 놈은 육개장을 먹는다. 젓가락을 뒤적여보는데 고사리가 없다. 어머니의 육개장엔 삼복에 퍼진 자식 놈을 탓하듯 고사리가 탱탱하게 건져졌었다.

이상하게 어머니 앞에서만 시간이 빨리 흐른다. 육개장에서는 흙냄새가 나지 않고 시장의 떠들썩한 장사꾼 소리가 둥둥 떠 있다. 의사는 굳이 정성을 다할 것이라 말해준다. 냉면 면발은 가늘고 육개장의 소고기는 너무 굵다. 오늘따라 어머니 어깨가 야위어 자식 놈은 고기를 치우며 국물만 뜬다. 화火를 내려놓으려니 세월이 무상하기만 하다.

서울, 병실

애초에 분당선을 왕십리까지 끌어온 사람이 고맙다. 다리 하나를 더 설계해야 했을 것인데, 왕십리에서 떠난 열차는 압구정로데오 거리를 지나 강남구청역으로 간다. 여기서 갈아타면 고속터미널역으로 가고 4번 출구로 나가면 성모병원이다. 강남과 강북을 이토록 노골적으로 연결하다니. 좋다.

서랍 안엔 반쯤 찌그러진 죽염치약과 작은 봉투에 따로 넣어진 면봉 열댓 개가 있다. 지하1층엔 편의점이 있고 생활에 필요한 모든 용품이 있는데 어머니는 입원을 오래 준비하셨던 모양이다. 혼자 앉아서 뭘 그렇게 챙기셨을까. 추억도 많이 담아 오셨다.

수술대기실에서의 짧은 시간은 대부분의 환자들에게 인생 전체일지 모른다. 다섯 살 우연이는 갸름하고 긴 두 손가락으로 할머니 눈을 까뒤집었단다. 할머니는 잠도 잘 못 잤다. 네 살 목이는 지가 졸리면 할머니 등에 타고 "방에 가자" 했단다. 발달이 늦었던 유림이는 뒤집지를 못해 옆으로 뉘어놓으면 내내 그 자세를 '신통'하게도 유지했단다. 손주들 생각만 나진 않았겠지. 아버지 얘긴 안 물어봤다. 사랑을 더 받으셔야 할 나이에 아버지는 죽었다.

새누리당 원내대책회의에서 이장우 의원이 "진보는 대한민국 수구 꼴통이 됐다"고 발언했다. 조금 지나 대통령은 국무회의에서 "모독적인 발언도 그 도를 넘고 있다"고 했다. 진실을 밝히기가 참 힘들

다. 암세포가 언제 이렇게 많이 자랐는지, 그저 걱정했다. 유가족을
돕는 민변이 이석기 변호인단으로 활약했다는 댓글에 공감이 1412
개 눌러졌다. 1412개.

열 시간 만에 병실에 올라온 어머니는 네 시간동안 잠과 싸웠다.
"안기부에서 48시간 넘게 잠을 안 재워서 죽는 줄 알았다" 하니 그
와중에 "개새끼들" 하신다. 어머니가 욕하는 걸 처음 들었다. 그해
어머니는 갓 태어난 조카를 업고 남산을 올랐었다. 된장독에 몇 권
의 책을 감추는 지혜를 발휘했다. 조카는 올해 대학을 졸업하고 방
송작가가 됐다.

이사야 41장 10절에 연필로 밑줄이 그어 있다. "두려워 말라 내가
너와 함께함이니라 놀라지 말라 나는 네 하나님이 됨이니라 내가
너를 굳세게 하리라 참으로 너를 도와주리라 참으로 나의 의로운
오른손으로 너를 붙들리라" 잠을 이기시라고 마침표와 띄어쓰기가
생략된 문장을 읽어드렸다. 아가페에서 나온 《큰글성경》인데 원래
성경엔 마침표가 없었는지 모르겠다. 하긴 영생불멸할 테니 마침표
가 애초에 필요 없을지 모르겠다.

원효도 제대로 공부하지 못한 내가 이스라엘의 선지자 이사야를 알
턱이 없다. 그가 남쪽 유다왕국의 왕족출신이고 구약의 완성자인지
는 어머니도 알지 못할 터였다. 그가 예수의 재림을 예언했다는 것
도. 더군다나 그는 3년 동안 벌거벗고 다녔다. 아들이 벌거벗고 다
니면서까지 선지자가 되는 걸 어머니는 안 좋아하실 터였다. 참 오

래 벌거벗고 다닌 것 같다.

집도의는 오세훈의 복지를 지지한다고 말한다. 왜 내게 그런 얘길 하시는 거지? 내가 운동권처럼 생겼나? 떠보시는 건가? '평판'이라는 단어가 생각난다. 나그네들은 '평판'을 옮기는 자들이었기 때문에 대접을 받았다. '평판'이 있는 한 의사들께서는 모든 수술에 최선을 다할 것이라는 생각이 들었다. 수술은 잘되었다 하고 오세훈 얘기는 그만 잊어버렸다.

자꾸 발 냄새가 나는 것 같아서 안절부절못했다. 사우나를 검색해보니 터미널 건너편에 하나가 있고 (몰랐는데) 왕십리 우리 사무실 뒤편 자주 맥주를 마시는 가게 지하에도 있었다. 터미널 근처엔 뜨내기들이 많을 텐데, 냄새가 심하지 않을까… 겸사겸사 왕십리 쪽으로 가려 한다. 인간은 자주 자기 자신을 돌아보지 못한다. 집이 어디였는지 기억나지 않는다 해도 이해할만 하다.

반포대교를 건너다

구명보트는 묶여 있고 나는 무기력에 시달린다. 빗물조차 균형을 방해하는 밤은 어지럽다. 강남 쪽 네온사인은 좀처럼 흔들리지 않았고 노모老母의 내장 속에서 암癌덩어리가 발견되었다. 오십년 먼저 한 뱃속에서 자란 나는 암癌의 형이다

방사선실로 들어가며 모친母親은 눈물을 흘렸다. 불행은 가까이 있고 문제는 늘 정지의 순간이다. 뱃속에서 자란 모든 것들은 모성母性을 자극한다. 나는 단호하게 암癌의 살해문서에 서명했고 구명보트의 열쇠를 가진 선원들은 도망갔다.

모국母國은 나와 암癌덩어리를 함께 낳고 키웠다. 암癌덩어리는 너무나 자주 나를 암癌이라 불렀다. 어쩌면 내가 살해당해야 할 암癌덩어리일까. 다리는 가로로 놓여 있고 비는 수직으로 내린다.

방사선처럼 빈틈을 찾아 뇌수에 꽂힌다. 수직으로 세워진 강남 쪽 네온사인만 안전하다. 암癌을 도려내야 나를 암癌이라 부르지 못할 것이다. 형제살해兄弟殺害의 유전자가 방사선을 따라왔다. 무기력이 든 칼, 구명보트를 풀고 말 것이다.

제임스 조이스와는 끝내 헤어지지 못할 듯하다. 그의 소설 《율리시스》는 아일랜드의 수도 더블린을 배경으로 하루에 일어난 사건을 묘사한다. 인간의 하루는 곧 모든 것이기도 하다. 삶은 하나의 임무다.

편
지

편지지를 사는 버릇은 사춘기의 흔적이다. 말로 표현할 수 없는 것들은 마음에 머물지 않는다. 마음에서 오른쪽 어깨를 거쳐 손끝까지 가 꼬무락거린다. 가끔 오른손 검지 끝이 간지럽다면 그리운 이가 생겼음이 틀림없다.

퇴근길에 줄이 없는(반드시 줄이 없어야 한다) 편지지를 사고 1.0밀리미터가 넘는 굵은 펜(얼른 손끝의 것들을 빼내기엔 굵을수록 좋다)을 사자. 물론 편지를 쓰지 않아도 손끝이 곪는 일은 없다. 그러나 조심해야 한다. 마음이 곪아 터진다.

글씨는 곧 마음이다. 마음을 최대한 연장시킨 그 끝이 글씨다. 굳이 설명하지면 이렇다. 마음이 신경세포를 타고 손끝으로 간다. 손끝의 근육과 살, 뼈가 협동하여 펜을 잡고 펜 끝이 종이에 닿는 순간에만 글씨는 현현顯現한다.

경험하셨을 터, 마음을 표현하려 애쓴다고 편지에 마음이 온전히 담기는 건 아니다. 오히려 자신의 개성이 담긴 글씨를 쓰려고 노력해보라. 신기하게도, 그렇게 표현이 어렵던 그리움의 언어가 남겨진다. 편지 쓴 날, 그 편지 끝 4월 1일, 숫자에도 사랑이 담길 수 있다는 걸 알게 된다.

우체통까지 가는 길은 그리움 가까이로 가는 일이다. 가령, 길가에 흔한 플라타너스 가지에 버짐 자욱이 보였다면 당신은 다시 태어난 것이다. 편지를 잃지 않았는지 속주머니를 몇 번 확인했다면 그거야 뻔하다. 사랑에 빠진 것이다. 우표를 사 봉투에 붙일 때(반드시 우표를 혀에 대고 침을 묻혀야 한다. 풀을 바르는 행위는 불경하다.) 오른 손 엄지의 압력은 그리움의 크기다.

빨간 우체통에 편지를 넣고 돌아서 가다가 다시 뒤돌아보라. 가슴이 먹먹한 건 거기 마음을 두고 왔기 때문이다. 마음이 답장으로 돌아올 때까지 기다린 시간이 어른이 되어 가는 시간이다. 물론 그리움의 흔적은 내내 지워지지 않았다.

통영에 가면 시인 유치환이 연인에게 편지를 쓰던 우체국이 있다. "오늘도 나는 에메랄드 빛 하늘이 훤히 내다뵈는 우체국 창문 앞에 와서 너에게 편지를 쓴다." (《행복》 중에서) 편지는 사랑하는 일이다.

사 진 출 처

7쪽 **프롤로그** ⓒ신동호
21쪽 **감각** ⓒ김진형
24쪽 **봉의산** ⓒ신동호
35쪽 **월미식당** ⓒ진희철
37쪽 **극장** ⓒ강원도청
39쪽 **강촌역** ⓒ신동호
40-41쪽 **강촌역** ⓒ김진형
54쪽 **동네 목욕탕** ⓒ봄눈별(쿠쿠웅)
70-71쪽 **꽃** @김진형
79쪽 **연탄** ⓒ김진형
90쪽 **고무신** ⓒ김충영
98쪽 **한반도 모양 자** ⓒ 박수철
103쪽 **파카45** ⓒ신동호
108쪽 **비둘기호(아래)** ⓒ팽이아범(김형기)
124쪽 **스피드 스케이트** ⓒ신동호
126쪽 **스피드 스케이트** ⓒ김진형
135쪽 **간드레 불빛** ⓒ정우영
171쪽 **별이 빛나는 밤에** ⓒ김진형
195쪽 **미제 아줌마** ⓒ오희주
200-201쪽 **갈대** ⓒ김진형
212-213쪽 **나무와 하늘** ⓒ김진형
215쪽 **가족사진** ⓒ신동호

사진 사용을 허락해주신 분들께 감사드립니다. 일부 사진은 저작권자를 찾기 어렵거나
연락이 닿지 않은 경우가 있었습니다. 저작권자가 연락을 주시면 정식으로 허락 절차를 밟겠습니다.

세월의 쓸모
그리움의 흔적은 지워지지 않는다

ⓒ신동호

초판 1쇄 펴낸날 2015년 5월 26일

지은이 신동호
펴낸이 정구철
기획이사 최만영
편집장 김진형
디자인 형태와내용사이
마케팅 박영준 I 영업 관리 김효순
제작 김용학 김성수

펴낸곳 (주)한솔수북
출판등록 제2013-000276호
주소 121-896 서울시 마포구 월드컵로 96 영훈빌딩 5층
전화 02-2001-5819(편집) 02-2001-5828(영업)
전송 02-2060-0108
전자우편 isoobook@eduhansol.co.kr
책담 블로그 http://chaekdam.tistory.com
책담 페이스북 https://www.facebook.com/chaekdam

ISBN 979-11-85494-05-0 03810

Ⅲ책담 그대를 위한 세상의 모든 이야기